# 풀베개

草枕(1906)
夏目漱石

나쓰메 소세키 소설 전집 3
**풀베개**

초판 1쇄 발행 2013년 9월 10일
초판 10쇄 발행 2024년 6월 15일

지은이 | 나쓰메 소세키
옮긴이 | 송태욱
펴낸이 | 조미현

편집주간 | 김현림
교정교열 | 김정선
디자인 | 나윤영

펴낸곳 | (주)현암사
등록 | 1951년 12월 24일 · 제10-126호
주소 | 04029 서울시 마포구 동교로12안길 35
전화 | 365-5051 · 팩스 | 313-2729
전자우편 | editor@hyeonamsa.com
홈페이지 | www.hyeonamsa.com

ISBN 978-89-323-1677-2 04830
ISBN 978-89-323-1674-1 04830(세트)

이 도서의 국립중앙도서관 출판예정도서목록(CIP)은 서지정보유통지원시스템(http://seoji.nl.go.kr)과
국가자료종합목록시스템(http://www.nl.go.kr/kolisnet)에서 이용하실 수 있습니다.
(CIP제어번호 CIP2013015323)

나쓰메 소세키 소설 전집 ③

# 풀베개

송태욱 옮김

현암사

소세키의 책 중에 작은 판형으로 제작된 책들이 있는데, 장식성이 뛰어나다.(1914~1918)

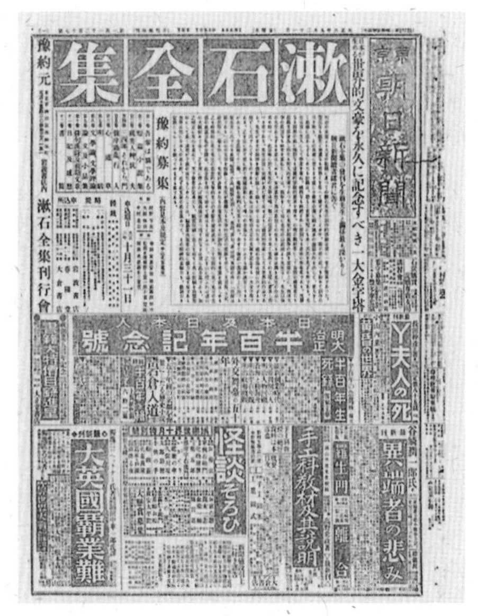

東京朝日新聞

漱石全集

世界的文豪を永久に記念すべき一大金字塔

豫約募集

漱石全集刊行會

日本及日本人 半百年記念號

Y夫人の死

異端者の悲み

手工科教材及其説明

怪談そろひ

大英國覇業難

소세키 전집 발간 기사(《아사히 신문》)

소세키 사후 1주년 기념으로 출간된
최초의 소세키 전집(이와나미쇼텐, 1917)

소세키 산방 서재에서(1907). 소세키는 이곳에서 『우미인초』, 『산시로』, 『마음』 등을 집필했다.

도쿄제국대학 강사 시절. 졸업생과 함께(1906)

다섯 살 무렵의 소세키(1872)

도쿄제국대학 재학
시절의 소세키(1892)

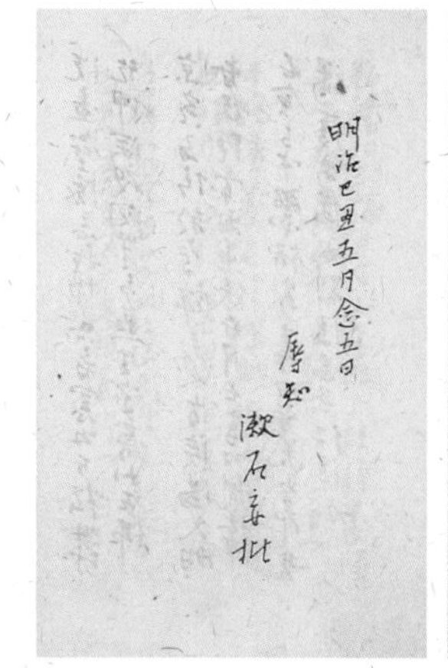

明治己丑五月念五日
辱知
漱石妄批

1889년 발매된 마사오카 시키의 시문집《나나쿠사슈》에 비평과 함께
9편의 칠언절구 시를 덧붙이면서 처음으로 '소세키'라는 호를 사용한다.

소세키가 『나는 고양이로소이다』와 『도련님』을 집필한 집(1903~1906년 거주)

소세키는 슬하에 2남 5녀를
두었다.(1915)

두 아들과 소세키(1914)

소세키 산방의 서재 모습(1917)

소세키 산방에서(1912)

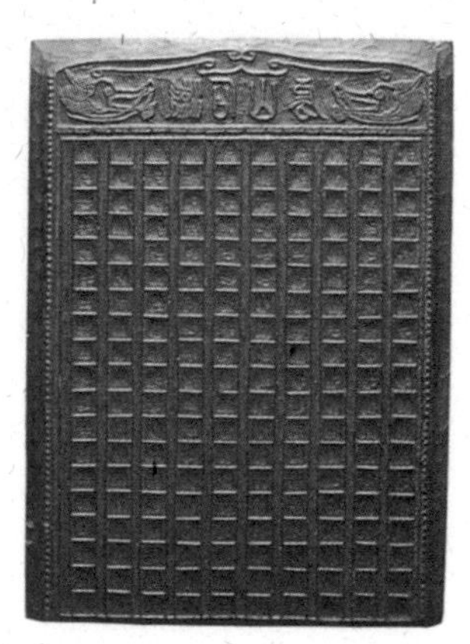

소세키가 애용한 문방구와 특별히 디자인한 원고용지 판목

현재 구마모토 자택에 걸려 있는 나쓰메 소세키 사진

구마모토에 있는 소세키가 살던 집. 구마모토의 생활은 『풀베개』를 낳았다.

『풀베개』에 등장하는 산마루에 있는 찻집

현재 구마모토에 있는 '『풀베개』 길'

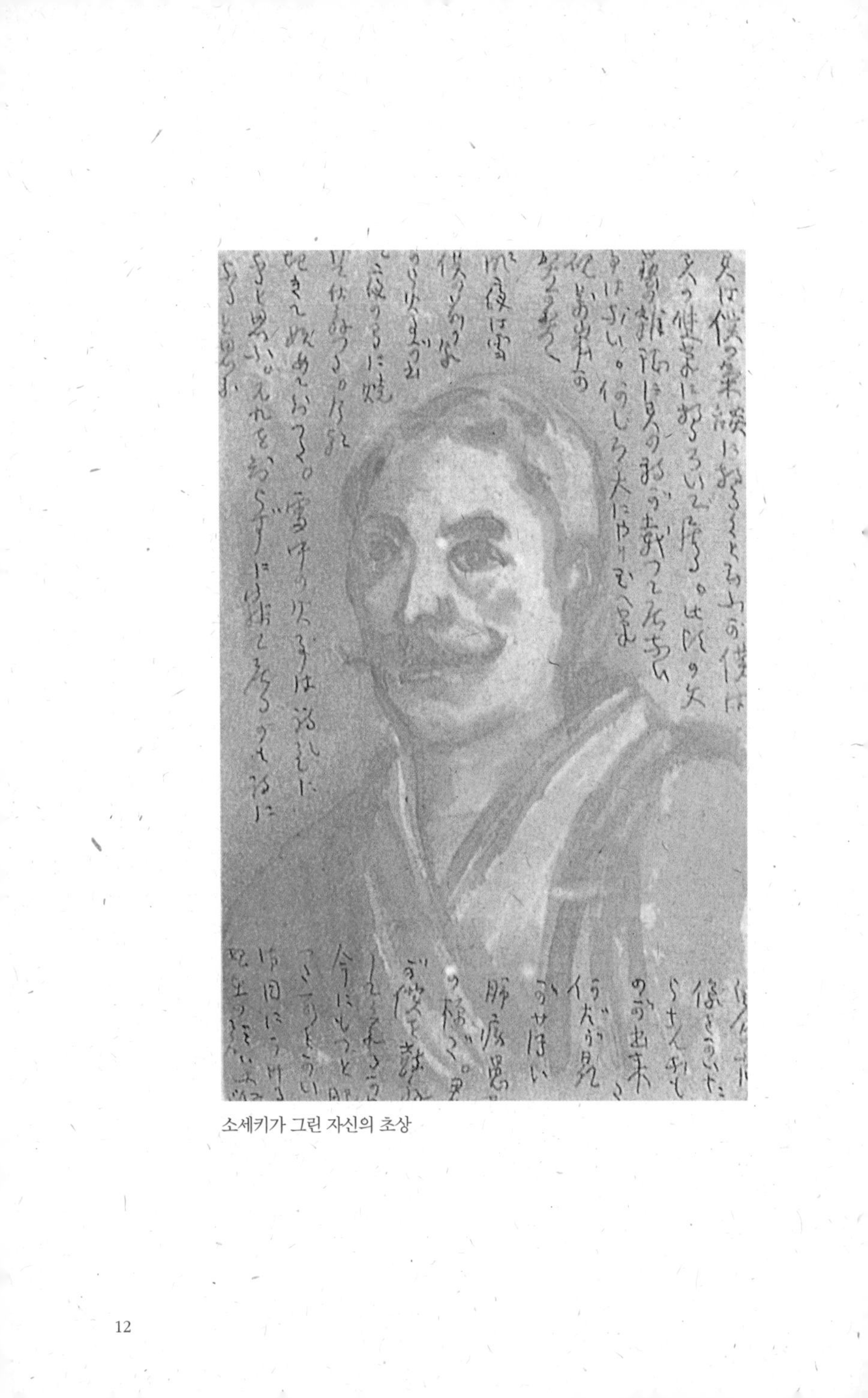

소세키가 그린 자신의 초상

차례

## 1

산길을 오르면서 이런 생각을 했다.

이지(理智)만을 따지면 타인과 충돌한다. 타인에게만 마음을 쓰면 자신의 발목이 잡힌다. 자신의 의지만 주장하면 옹색해진다. 여하튼 인간 세상은 살기 힘들다.

살기 힘든 것이 심해지면 살기 편한 곳으로 옮겨 가고 싶어진다. 어디로 옮겨 가도 살기 힘들다는 것을 깨달았을 때 시가 태어나고 그림이 생겨난다.

인간 세상을 만든 것은 신도 아니고 귀신도 아니다. 역시 가까운 이웃들과 오가는 보통 사람들이다. 보통 사람들이 만든 인간 세상이 살기 힘들다고 해서 옮겨 갈 나라는 없을 것이다. 있다면 사람도 아닌 사람의 나라일 뿐이다. 사람도 아닌 사람의 나라는 인간 세상보다 더욱 살기 힘들 것이다.

옮겨 갈 수도 없는 세상이 살기 힘들다면, 살기 힘든 곳을 어느 정도 편하게 만들어 짧은 순간만이라도 짧은 목숨이 살기 좋게 해야 한다. 이에 시인이라는 천직이 생기고, 화가라는 사명이 주어지는 것이다. 예술을 하는 모든 이는 인간 세상을 느긋하게 하고 사람의 마음을 풍요롭게 하는 까닭에 소중하다.

살기 힘든 세상에서 살기 힘들게 하는 근심을 없애고, 살기 힘든 세계를 눈앞에 묘사하는 것이 시고 그림이다. 또는 음악이고 조각이다. 자세히 말하자면 묘사하지 않아도 좋다. 그저 직접 보기만 하면 거기에서 시도 생기고 노래도 솟아난다. 착상을 종이에 옮겨놓지 않아도 옥이나 금속이 스치는 소리는 가슴속에서 일어난다. 이젤을 향해 색을 칠하지 않아도 오색의 찬란함은 스스로 심안(心眼)에 비친다. 그저 자신이 사는 세상을 이렇게 깨달을 수 있고 혼탁한 속세를 마음의 카메라에 맑고 밝게 받아들일 수 있으면 된다. 이런 까닭에 무성(無聲)의 시인에게는 시 한 구절 없고 무색(無色)의 화가에게는 아주 작은 그림 하나 없어도 이렇게 인간 세상을 깨달을 수 있다는 점에서, 이렇게 번뇌를 해탈하는 점에서, 이렇게 청정한 세계에 출입할 수 있다는 점에서, 또한 이 특별하고 유일한 천지를 세울 수 있는 점에서, 사리사욕의 굴레를 없앤다는 점에서 부잣집 자식보다도, 군주보다도, 속계의 모든 총아보다도 행복하다.

이 세상에 살게 된 지 20년이 되어서야 이 세상이 살 만한 가치가 있는 세상임을 알았다. 25년이 되어서야 명암이 표리인 것처럼 해가 드는 곳에는 반드시 그림자가 생긴다는 것을 깨달았다. 서른이 된 오늘날에는 이렇게 생각한다. 기쁨이 깊을 때 근심 또한 깊고, 즐거움이 클수록 괴로움도 크다. 이를 분리하려고 하면 살아갈 수가 없다. 치워버리려고 하면 생활이 되지 않는다. 돈은 중요하다. 중요한 것이 늘어나면 잠자는 동안에도 걱정하게 될 것이다. 사랑은 기쁘다. 기쁜 사랑이 쌓이면 사랑을 하지 않던 옛날이 오히려 그리워질 것이다. 각료의 어깨는 수백만 명의 다리를 지탱하고 있다. 등에는 무거운 천하가 업혀 있다. 맛있는 것도 먹지 못하면 분하다. 조금 먹으면 성에 차지 않는다. 마음껏 먹으면 그다음이 불쾌하다.

내 생각이 여기까지 표류했을 때 갑자기 내 오른발이 잘못 놓인 네모난 돌 끄트머리를 밟고 말았다. 균형을 잡기 위해 이크 하고 앞으로 튀어나간 왼발이 실수를 만회함과 동시에 내 엉덩이는 마침맞게 사방 1미터쯤 되는 바위 위로 내려앉았다. 어깨에 걸친 화구 상자가 겨드랑이 아래로 튀어나왔을 뿐 다행히 아무 일도 없었다.

일어날 때 건너편을 보니 길 왼쪽에 양동이를 엎어놓은 듯한 봉우리가 우뚝 솟아 있다. 삼나무인지 노송나무인지는 모르겠지만, 밑에서 꼭대기까지 온통 검푸른 가운데 불그스름한 산벚나무가 얼룩덜룩 가로로 길게 뻗어 있고 그 경계가 확실히 보이지 않을 만큼 안개가 짙다. 조금 앞쪽의 민둥산 하나가 눈에 띄게 눈앞으로 다가온다. 헐벗은 측면은 거인이 도끼로 깎아내렸는지 날카로운 평면을 골짜기 밑으로 무턱대고 묻고 있다. 정상에 한 그루 보이는 것은 소나무일 것이다. 가지 사이로 보이는 하늘마저 또렷하다. 앞길은 2백 미터쯤에서 끊어져 있지만 높은 데서 여행자가 움직이며 내려오는 것을 보니 올라가면 그쪽으로 나가게 될 것이다. 길은 몹시 험난하다.

흙을 평평하게 하는 일이라면 그다지 힘들지 않겠지만, 흙 속에는 큰 돌이 있다. 흙은 평평히 할 수 있어도 돌은 평평해지지 않는다. 돌은 부술 수 있어도 바위는 어떻게 해볼 수가 없다. 파헤친 흙 위에 느긋하게 우뚝 솟아 있는 바위는 우리를 위해 길을 내줄 기미조차 없다. 그쪽에서 말을 들어주지 않는 한 넘어가든가 돌아가야 한다. 바위가 없는 곳이라고 해서 걷기 수월한 것은 아니다. 좌우가 높고 가운데가 움푹 파여 있어, 마치 2미터 정도의 넓이를 세모꼴로 파고 그 정점이 한가운데를 꿰뚫고 있는 것 같다고 평해도 좋다. 길을 간다기보다 강바닥을 건넌다고 하는 것이 낫다. 물론 서두르는 여행길이 아니기에 어슬렁어슬렁 꼬부랑길로 접어든다.

홀연 발밑에서 종달새 소리가 들리기 시작했다. 골짜기를 내려다보았으나 어디서 우는지 자취도 보이지 않는다. 그저 울음소리만 또렷하게 들려올 뿐이다. 쉬지도 않고 부지런히 울고 있다. 사방 수십 리의 공기가 온통 벼룩에 물려 더 이상 배겨내지 못하는 듯한 기분이 든다. 그 새가 우는 소리에는 잠깐의 여유도 없다. 화창한 봄날을 울며 보내고 울며 지새고 또 울며 지내지 않으면 직성이 풀리지 않는 것처럼 보인다. 게다가 어디까지고 올라가고 언제까지고 올라간다. 종달새는 틀림없이 구름 속에서 죽을 것이다. 계속해서 올라간 끝에 구름 속으로 흘러들어 떠돌다가 형체는 사라져 보이지 않고 그저 울음소리만이 하늘 속에 남는 것인지도 모른다.

바위 모서리를 예리하게 돌아, 맹인이라면 곤두박질치며 떨어질 만한 곳을 오른쪽으로 아슬아슬하게 꺾어 옆을 내려다보니 온통 유채꽃이다. 종달새가 저곳으로 떨어지는 걸까, 하고 생각했다. 아니, 그 황금 들판에서 날아오른 것일까, 하고 생각했다. 그다음에는 떨어지는 종달새와 날아오르는 종달새가 열십자로 엇갈리는 걸까, 하고 생각했다. 마지막으로 떨어질 때도 날아오를 때도 또 열십자로 엇갈릴 때도 힘차게 계속 울어댈 것이라고 생각했다.

봄에는 졸린다. 고양이는 쥐 잡는 것을 잊고, 사람은 빚이 있다는 걸 잊는다. 때로는 자신의 혼이 있는 곳조차 잊고 당황한다. 다만 멀리 유채꽃을 바라보았을 때는 눈이 번쩍 뜨인다. 종달새 소리를 들었을 때 혼이 있는 곳이 분명해진다. 종달새는 입으로 우는 것이 아니라 혼 전체로 운다. 혼의 활동이 소리로 나타난 것 중에서 그토록 힘찬 것은 없다. 아아, 유쾌하다. 이렇게 생각하고, 이렇게 유쾌해지는 것이 시다.

문득 셸리[1]의 시 「종달새에게」가 떠올라 암송하고 있는 구절만 입속으로 외어보았으나 기억하고 있는 건 두세 구절에 지나지 않았다. 그 두세 구절에는 이런 게 있다.

We look before and after

And pine for what is not:

Our sincerest laughter

With some pain is fraught;

Our sweetest songs are those that tell of saddest thought.

앞을 보고 뒤를 보고

없는 것을 갖고 싶어 하네

진지한 웃음이라 해도

거기에 고통 있느니

가장 감미로운 노래에는 가장 슬픈 생각이 깃들어 있음을 알라.

역시 시인이 아무리 행복하다고 해도 저 종달새처럼 마음껏, 일심불란(一心不亂)으로, 앞뒤를 망각하고 자신의 기쁨을 노래할 수는 없을 것이다. 서양의 시는 물론이고 중국의 시에도 흔히 만 곡(萬斛)의 시름(愁)[2]이라는 표현이 나온다. 시인이라 만 곡이지 보통 사람이라면

1 퍼시 비셰 셸리(Percy Bysshe Shelley, 1792~1822). 19세기 영국의 낭만파를 대표하는 시인.

한 홉으로 족할지도 모른다. 그러고 보면 시인은 보통 사람보다 시름이 많은 성향이라 평범한 사람의 배 이상으로 신경이 예민할지도 모른다. 세속을 초월한 기쁨도 있겠지만 슬픔도 헤아릴 수 없이 많을 것이다. 그렇다면 시인이 되는 것도 깊이 생각해볼 일이다.

한참 동안은 길이 평평하고 오른쪽은 잡목 숲, 왼쪽은 유채꽃이 계속 이어진다. 발밑으로 가끔 민들레가 밟힌다. 톱니 같은 잎이 거리낌없이 사방으로 뻗어 한가운데의 노란 구슬을 호위하고 있다. 유채꽃에 마음을 빼앗겨 짓밟은 뒤, 딱한 마음에 돌아보면 노란 구슬은 여전히 톱니 안에 듬직하게 자리 잡고 있다. 태평한 놈이다. 다시 생각을 잇는다.

시인에게 시름은 따르기 마련인 것인지도 모르지만, 저 종달새 소리를 듣는 마음에는 티끌만 한 고통도 없다. 유채꽃을 봐도 그저 기뻐 마음이 설렐 뿐이다. 민들레도 그대로고, 벚꽃도…… 벚꽃은 어느덧 보이지 않았다. 이렇게 산속에 들어와 자연의 풍물을 접하면, 보는 것도 듣는 것도 재미있다. 재미만 있을 뿐 별다른 괴로운 일은 일어나지 않는다. 일어나는 일이라면 다리가 아프고 맛난 음식을 먹을 수 없다는 것 정도일 것이다.

하지만 괴로움이 없는 것은 왜일까. 그저 이 경치를 한 폭의 그림으로 보고 한 편의 시로 읽기 때문이다. 그림이고 시인 이상 땅을 얻어 개척할 마음도 없을 뿐만 아니라 철도를 놓아 한몫 잡자는 생각도 들지 않는다. 그저 이 경치가, 요기가 되는 것도 아니고 월급을 벌충해 주는 것도 아닌 이 경치가 경치만으로 내 마음을 즐겁게 해주고 있으니 고생도 걱정도 따르지 않을 것이다. 이런 점에서 자연의 힘은 소중

2 아주 큰 슬픔을 말한다. 곡(斛)은 용량의 단위로 열 말에 해당한다.

하다. 우리의 성정(性情)을 순간적으로 도야하여 순수한 시경(詩境)에 들게 하는 것은 자연이다.

사랑은 아름다울 것이고 효도도 아름다울 것이며 충군애국(忠君愛國)도 훌륭할 것이다. 하지만 자신이 그 일에 당면하면 이해(利害)의 회오리바람에 휩쓸려 아름다운 일에도, 훌륭한 일에도 눈이 멀게 될 것이다. 따라서 자신도 시가 어디에 있는지 알 수 없게 될 것이다.

이를 알기 위해서는 알 수 있을 만큼의 여유가 있는 제삼자의 위치에 서야 한다. 제삼자의 위치에 서야 연극을 봐도 재미있다. 소설을 읽어도 재미있다. 자신의 이해(利害)는 문제 삼지 않는다. 보거나 읽는 동안만은 시인이다.

그것조차 보통의 연극이나 소설에서는 인정(人情)을 벗어날 수 없다. 괴로워하기도 하고 화를 내기도 하고 떠들어대기도 하고 울어대기도 한다. 좋은 점은 사리사욕이 끼어들지 않는다는 점에 있을지도 모르지만, 끼어들지 않은 만큼 다른 정서가 평소보다 더 많이 활동할 것이다. 그것이 싫다.

괴로워하기도 하고 화를 내기도 하고 떠들어대기도 하고 울어대기도 하는 것은 인간 세상에 으레 있는 일이다. 나도 30년간 줄곧 그렇게 해와서 이제 아주 신물이 난다. 신물이 나는데도 또 연극이나 소설로 같은 자극을 되풀이해서는 큰일이다. 내가 바라는 시는 그런 세속적인 인정을 고무하는 것이 아니다. 속된 생각을 버리고 잠시라도 속세를 떠난 마음이 될 수 있는 시다. 아무리 걸작이라도 인정을 벗어난 연극은 없고, 시비(是非)를 초월한 소설은 드물 것이다. 어디까지나 속세를 벗어날 수 없는 것이 그것들의 특색이다. 특히 서양의 시는 인간사가 근본이 되기 때문에 이른바 순수한 시가도 그 지경을 해탈

할 줄 모른다. 어디까지나 동정이라든가 사랑이라든가 정의라든가 자유라든가 속세의 상점에 있는 것만으로 일을 처리한다. 아무리 시적이라 해도 땅 위를 뛰어다니고 돈 계산을 잊어버릴 틈이 없다. 셸리가 종달새 소리를 듣고 탄식한 것도 무리는 아니다.

기쁘게도 동양의 시가에는 그것을 해탈한 것이 있다.

採菊東籬下
悠然見南山[3]
동쪽 울타리 아래서 국화를 꺾다 보니,
한가로이 남산이 들어오네

단지 이것만으로도 숨 막힐 듯한 세상을 완전히 잊어버린 듯한 광경이 나타난다. 울타리 너머로 이웃집 처자가 들여다보는 것도 아니고 남산에 친구가 봉직하고 있는 것도 아니다. 한가로이 속세를 벗어나 이해득실의 땀을 씻어낸 마음이 될 수 있다.

獨坐幽篁裏
彈琴復長嘯
深林人不知
明月來相照[4]
홀로 그윽한 대숲에 앉아
거문고 타다 다시 길게 휘파람 부네

3 중국 육조시대의 시인 도연명(陶淵明)의 시 한 구절.
4 중국 당나라 시인 왕유(王維)의 시 「죽리관(竹里館)」.

깊은 숲이라 남들은 알지 못하고
밝은 달만 찾아와 서로를 비추네

단 스무 글자 안에 족히 별천지를 만들어놓고 있다. 이 천지의 공덕은 『호토토기스(不如歸)』[5]나 『곤지키야샤(金色夜叉)』[6]의 공덕이 아니다. 기선, 기차, 권리, 의무, 도덕, 예의로 기진맥진한 뒤 모든 것을 망각하고 푹 잠든 것 같은 공덕이다.

20세기에 수면이 필요하다면, 20세기에 세속을 떠난 이 시의 정취는 소중하다. 애석하게도 오늘날 시를 짓는 사람도, 시를 읽는 사람도 다들 서양인에게 물들어버려 굳이 한가한 조각배를 띄워 이 도원으로 올라가는 사람은 없는 듯하다. 나는 원래 시인이 직업이 아니니 왕유나 도연명의 경지를 요즘 세상에 널리 알릴 마음은 전혀 없다. 그저 나에게는 이런 감흥이 연회보다도 무도회보다도 약이 되는 것 같다. 『파우스트』보다도 『햄릿』보다도 고맙게 여겨진다. 이렇게 홀로 화구상자와 접이식 삼각의자를 메고 봄의 산길을 어슬렁어슬렁 걷는 것도 바로 이 때문이다. 도연명과 왕유의 시경(詩境)을 자연에서 직접 흡수하여 잠시라도 비인정(非人情)[7]의 천지를 소요하고 싶은 것이다. 일종의 취흥이다.

물론 인간의 한 분자이니 아무리 좋아도 비인정은 그리 오래가지 못한다. 도연명도 내내 남산만 바라보고 있었던 것은 아닐 것이고, 왕유도 기꺼이 대숲에서 모기장을 치지 않고 잔 것은 아닐 것이다. 그들

5 일본 작가 도쿠토미 로카(德富蘆花, 1868~1927)가 1898년에 발표한 소설.

6 일본 작가 오자키 고요(尾崎紅葉, 1868~1903)가 1897년에 발표한 소설로 우리나라에는 『이수일과 심순애』 또는 『장한몽』으로 번안되어 소개되었다.

7 의리나 인정 따위에 얽매이지 않는 일.

역시 남은 국화는 꽃집에 팔았을 것이고, 남은 죽순은 채소 가게에 넘겼을 것이다. 그건 나도 마찬가지다. 종달새와 유채꽃이 아무리 마음에 들어도 산속에서 노숙할 만큼 비인정이 심하지는 않다. 이런 곳에서도 사람을 만난다. 옷 뒷자락을 띠 안으로 집어넣고 수건으로 얼굴을 가린 사람이나 붉은 속치마를 입은 처자, 때로는 사람보다 얼굴이 긴 말까지 만난다. 백만 그루의 노송나무에 둘러싸이고 해면을 넘어 수십 미터 높이의 공기를 마시거나 뱉거나 해도 사람 냄새는 좀처럼 빠지지 않는다. 그건 고사하고 산을 넘어 머물 오늘 밤의 숙소는 나코이[8]의 온천장이다.

다만 사물은 보기에 따라 뭐든지 될 수 있다. 레오나르도 다빈치가 제자에게 알려준 것 중에, 저 종소리를 들어라, 종은 하나지만 소리는 여러 가지로 들린다, 라는 말이 있다. 한 남자와 한 여자도 보기에 따라 여러 모습으로 보인다. 어차피 비인정을 위해 떠난 여행이니 그런 생각으로 사람을 보면, 속된 세상의 축도 같은 골목 어딘가에 옹색하게 살 때와는 다를 것이다. 설사 전혀 인정을 벗어날 수 없다고 해도, 적어도 노(能)[9]를 볼 때만은 아련한 마음이 될 수 있을 것 같다. 노에도 인정은 있다. 「시치키오치(七騎落)」[10]나 「스미다가와(墨田川)」[11]를 보고도 울지 않는다고 보증할 수는 없다. 하지만 그것은 정(情) 3할에

8 가공의 지명이다. 구마모토 현의 오아마(小天) 온천이 모델이라고 한다.

9 남북조 시대에서 무로마치 시대에 걸쳐 성립된 일본의 전통극.

10 노의 대본인 요쿄쿠(謠曲). 작자 미상. 이시바시야마(石橋山) 전투에서 패한 미나모토노 요리토모(源頼朝)가 배로 무사히 달아날 때 일행이 미나모토에게 불길하다는 8기(騎)였으므로 도비 사네히라(土肥實平)의 아들 도히라(遠平)를 남기고 가는데, 그는 적인 와다 요시모리(和田義盛)에 의해 목숨을 구한다는 내용이다.

11 노의 대본인 요쿄쿠. 간제 모토마사(觀世元雅)의 작품. 하나밖에 없는 귀한 자식 우메와카마루(梅若丸)를 인신매매범에게 빼앗겨 교토에서 무사시쿠니(武藏國)의 스미다가와(隅田川)까지 유랑하다 사랑하는 아이의 죽음을 알게 된 어머니의 비탄을 그리고 있다.

예(藝) 7할로 보여주는 재주다. 우리가 노에서 받는 고마움은 인간 세상의 인정을 있는 그대로 잘 보여주는 솜씨에서 나오는 게 아니다. 있는 그대로에다 예술이라는 옷을 여러 겹이나 입혀 세상에 있을 수 없는 느긋한 움직임을 보여주기 때문이다.

잠시 이 여행 중에 일어난 일과 여행 중에 만난 사람을 노의 구조와 그 배우의 연기로 가정해보면 어떨까. 완전히 인정을 버릴 수야 없겠지만, 원래가 시적으로 이루어진 여행이니 비인정을 하는 김에 되도록 절약하여 거기까지는 이르고 싶다. 남산이나 대숲과는 성격이 다른 것임에 틀림없고 또 종달새나 유채꽃과 동일시할 수도 없겠지만, 되도록 그것들에 다가가고, 다가갈 수 있는 한에서는 같은 관점에서 인간을 보고 싶다. 바쇼[12]라는 사내는 머리맡에서 말이 오줌을 싸는 것조차 정취 있는 일로 보고 하이쿠로 지었다. 나도 앞으로 만나는 사람을, 농사꾼이든 장사꾼이든 면서기든 할아범이든 할멈이든 모두 대자연의 점경(點景)으로 그려진 것이라 가정하고 보려고 한다. 하긴 그림 속의 인물과 달리 그들은 각자 멋대로 된 짓을 할 것이다. 하지만 보통의 소설가들처럼 멋대로 된 짓의 근본을 캐고 들어 심리작용에 간섭하거나 사람들 사이의 갈등을 따지고 들어서는 속된 일이 된다. 움직여도 상관없다. 그림 속의 인간이 움직였다고 생각하면 된다. 그림 속의 인물은 아무리 움직여도 평면 밖으로 나올 수 없다. 평면 밖으로 뛰쳐나와 입체적으로 움직인다면, 이쪽과 부딪치거나 이해의 교섭이 이루어져 성가시다. 성가시면 성가실수록 미적으로 보고 있

12 마쓰오 바쇼(松尾芭蕉, 1644~1694). 에도 전기의 하이쿠 시인. 그의 하이쿠 시집 『오쿠의 오솔길(奥の細道)』에는, 비록 벼룩이나 이에 시달리는 여행지의 밤이지만 말이 사람과 함께 생활하면서 머리맡에서 오줌을 싸는 것도 마음 편하고 정취가 있다는 내용의 "벼룩과 이, 말이 오줌 싸는 머리맡(蚤虱馬の尿する枕もと)"이라는 하이쿠가 있다.

을 수 없게 된다. 앞으로 만나는 사람은 초연하게 먼발치에서 구경하는 마음으로, 쌍방에서 함부로 인정의 전기(電氣)가 일어나지 않도록 한다. 그렇게 하면 상대가 아무리 움직여도 이쪽 품속으로는 쉽게 뛰어들 수 없을 테니까, 말하자면 그림 앞에 서서 그림 속의 인물이 땅바닥 위를 이리저리 설레발치며 돌아다니는 것을 보는 것과 같은 일이 된다. 1미터만 떨어져 있으면 마음 편히 볼 수 있다. 불안하지 않게 볼 수 있다. 다시 말해 이해관계에 마음을 빼앗기지 않으니까 전력을 다해 예술 방면에서 그들의 동작을 관찰할 수 있다. 아무런 잡념 없이 아름다운지 아름답지 않은지를 감식할 수 있다.

이런 결심까지 했을 때 날이 수상해졌다. 끄물끄물하던 하늘의 구름이 머리 위로 기대는가 싶었는데 어느새 허물어져 사방이 그저 구름바다가 아닌가 하고 괴이하게 여기는 가운데 부슬부슬 봄비가 내리기 시작했다. 유채꽃은 이미 지나갔고 지금은 산과 산 사이를 가고 있는데, 빗발이 가늘어 거의 안개를 무색하게 할 정도여서 산에서 얼마나 떨어져 있는지 알 수가 없다. 이따금 바람이 불어 높은 구름을 날려버릴 때 오른쪽으로 거무스름한 산등성이가 보이곤 한다. 아마도 골짜기 하나를 사이에 두고 그 너머가 산줄기가 달리는 곳인 듯하다. 왼쪽은 바로 산기슭인 듯하다. 온통 자욱한 빗발 안에서 소나무인 듯한 것이 이따금 얼굴을 내민다. 내미나 싶으면 또 숨어버린다. 비가 움직이는지 나무가 움직이는지 꿈이 움직이는지, 어쩐지 야릇한 기분이다.

길은 의외로 넓어지고 또 평평해서 걷는 데 고생스럽지는 않지만, 우산을 갖고 오지 않았기에 발길을 재촉한다. 모자에서 빗방울이 뚝뚝 떨어질 무렵 10미터쯤 앞에서 방울 소리가 들리더니 거뭇한 곳에서 마부가 불쑥 나타났다.

"이 근방에 쉴 만한 데가 없을까요?"

"1.5킬로미터쯤 가면 찻집이 있소. 어지간히 젖었구려."

아직도 1.5킬로미터나 남았나 하고 돌아보는 사이 마부의 모습은 실루엣처럼 비에 휩싸였다가 쓰윽 사라졌다.

쌀겨처럼 보인 빗방울은 점차 굵고 길어져 지금은 한 줄기마다 바람에 휩싸이는 모습까지 눈에 들어온다. 하오리[13]는 진작 다 젖었고 속옷에 스며든 물이 몸의 온기로 미지근하게 느껴진다. 불쾌한 느낌이어서 모자를 푹 눌러쓰고 성큼성큼 걷는다.

흐릿한 먹빛 세계를, 몇 개의 은색 화살이 비스듬히 달리는 가운데 흠뻑 젖은 채 마냥 걸어가는 나를, 나 아닌 사람의 모습이라 생각하면 시가 되기도 하고 하이쿠가 되기도 한다. 있는 그대로의 나를 완전히 잊고 순수 객관에 눈을 줄 때 비로소 나는 그림 속의 인물로서 자연의 경치와 아름다운 조화를 이룬다. 다만 내리는 비가 괴롭고 내딛는 발이 피곤하다고 마음을 쓰는 순간, 나는 이미 시 속의 사람도 아니고 그림 속의 사람도 아니다. 여전히 시정(市井)의 풋내기에 지나지 않는다. 구름이나 연기가 하늘을 날아가는〔雲煙飛動〕 정취도 눈에 들어오지 않는다. 꽃이 지고 새가 우는〔落花啼鳥〕 흥취도 마음에 일지 않는다. 혼자 쓸쓸하게 봄날의 산을 걷는 내 모습이 얼마나 아름다운지는 더욱 알 수 없다. 처음에는 모자를 푹 눌러쓰고 걸었다. 나중에는 그저 발등만 쳐다보고 걸었다. 종국에는 어깨를 움츠리고 쭈뼛쭈뼛 걸었다. 비는 눈에 보이는 모든 나뭇가지들을 흔들며 사방에서 외로운 길손에게 들이쳤다. 비인정이 좀 지나친 것 같다.

13 일본 옷 위에 걸치는 짧은 겉옷.

## 2

"계시오!"

불러보았으나 대답이 없다.

처마 밑으로 안을 들여다보니 낡아서 찌들어 거무스름해진 장지문이 굳게 닫혀 있다. 건너편은 보이지 않는다. 짚신 대여섯 켤레가 쓸쓸하게 차양에 매달려 진력이 난 듯 흔들흔들 흔들린다. 밑에 막과자 상자 세 개가 놓여 있고, 옆에는 5리(厘)짜리 동전[1]과 분큐 동전[2]이 흩어져 있다.

"누구 없소!"

다시 불러보았다. 봉당 구석에 치워져 있는 절구 위에 몸을 부풀리고 자고 있던 닭이 놀라서 잠을 깬다. 꾸꾸꾸, 꾸꾸꾸, 하며 소란을 피운다. 문지방 바깥에 흙 부뚜막이 지금 내리는 비에 젖어 반쯤 색이 변

1 1리는 10분의 1전, 1천 분의 1엔.

2 분큐에이호(文久永寶)를 말함. 가운데 네모난 구멍이 있고 '文久永寶'라고 새겨져 있다. 에도 시대 말기인 분큐(文久) 3년(1863)부터 발행되어 메이지 시대까지 통용되었다. 1.5리짜리 동전이다.

했고 그 위에 물 끓이는 새까만 솥이 걸려 있는데, 흙으로 된 솥인지 은으로 된 솥인지 알 수가 없다. 다행히 밑에는 불이 지펴져 있다.

대답이 없어 그냥 불쑥 들어가 걸상에 앉았다. 닭은 날개를 퍼덕거리며 절구에서 뛰어내린다. 이번에는 다다미 위로 올라섰다. 장지문이 닫혀 있지 않았다면 안으로 뛰어들 생각이었는지도 모른다. 수탉이 굵은 목소리로 꾸꾸꾸꾸 하자 암탉이 가는 목소리로 꼬꼬댁 꼬꼬댁 한다. 나를 여우나 개로 생각하는 모양이다. 걸상 위에는 한 되짜리쯤으로 보이는 담배합이 한가하게 놓여 있고, 그 안에는 둘둘 말린 모기향이 세월 가는 줄 모르고 느긋하게 연기를 피우고 있다. 차츰 비는 그친다.

잠시 후 안쪽에서 발소리가 들리더니 그을린 장지문이 드르륵 열린다. 안에서 할멈이 나온다.

어차피 누군가 나올 거라고 생각하고 있었다. 아궁이에 불이 지펴져 있다. 과자 상자 위에는 동전이 흩어져 있다. 모기향은 한가로이 연기를 피우고 있다. 어차피 나오게 되어 있다. 하지만 가게를 비워두어도 마음에 걸리지 않아 보이는 것이 도시와는 좀 다르다. 대답이 없는데도 걸상에 걸터앉아 언제까지고 기다리고 있는 것도 20세기의 일로는 여겨지지 않는다. 이런 면이 비인정이어서 흥미롭다. 게다가 나온 할멈의 얼굴이 마음에 들었다.

2, 3년 전 호쇼류(宝生流)[3] 무대에서 〈다카사고(高砂)〉[4]를 본 적이 있다. 그때는 아름다운 활인화(活人畫)[5]라고 생각했다. 빗자루를 어깨에

3 노가쿠(能樂) 유파의 하나.

4 제아미(世阿弥, 1363년경~1443년경)의 작품이다.

5 분장한 사람이 배경 앞에 가만히 서서 그림 속의 인물처럼 보여주는 것. 역사상의 인물에서 제재를 취하는 일이 많으며, 메이지·다이쇼 시대에 집회 등의 여흥으로 이루어졌다.

멘 할아범이 무대 통로를 대여섯 걸음 걸어 나와 슬쩍 돌아서서 할멈과 마주본다. 그렇게 마주본 자세가 지금도 눈에 선하다. 내 자리에서 할멈의 얼굴이 거의 정면으로 보였기 때문에 '아아, 아름답다' 하고 생각했을 때, 그 표정은 찰칵 하고 내 마음의 카메라에 찍히고 말았다. 찻집 할멈의 얼굴은 그 사진에 피를 돌게 한 것이 아닌가 싶을 만큼 닮았다.

"할머니, 여기 좀 앉을게요."

"예, 이거 참, 손님 온 줄도 모르고."

"꽤 많이 내렸네요."

"하필이면 날이 이 모양이라 고생 많았겠구려. 아이고, 많이도 젖었네. 지금 불을 지펴 말려드리리다."

"불을 좀 더 지펴주시면 쬐면서 말리지요. 좀 쉬었더니 춥네요."

"예, 바로 지펴드리지요. 자, 차 한 잔."

일어나면서 훠이 하는 단 두 마디로 닭을 쫓아낸다. 꼬꼬꼬꼬 하고 도망친 암탉과 수탉은 짙은 갈색 다다미에서 막과자 상자를 짓밟고 길로 뛰쳐나간다. 수컷이 도망갈 때 막과자 위에 똥을 쌌다.

"자, 일단 드세요."

어느새 할멈은 나무를 파내서 만든 쟁반 위에 찻잔을 올려 내온다. 짙은 갈색으로 그을린 찻잔 밑바닥에는 단번에 그려낸 매화 세 송이가 아무렇게나 새겨져 있다.

"과자도."

이번에는 닭이 짓밟은 참깨과자와 찹쌀과자를 내온다. 어디 똥이 묻지나 않았나 살펴보았으나 똥 묻은 과자는 상자 안에 그대로 남아 있었다.

할멈은 소매 없는 하오리 위를 띠로 묶고 아궁이 앞에 쪼그려 앉는다. 나는 품에서 사생첩을 꺼내 할멈의 옆얼굴을 그리면서 말을 걸었다.

"한적하고 좋네요."

"예, 보시는 대로 산골이라."

"휘파람새는 우나요?"

"예, 매일같이 울지요. 이 근방에서는 여름에도 운답니다."

"듣고 싶군요. 전혀 들리지 않으니 더 듣고 싶네요."

"하필이면 오늘은…… 아까 내린 비 때문에 어딘가로 도망갔지요."

때마침 아궁이에서 탁탁 소리가 나더니 붉은 불이 바람을 일으키며 30센티미터쯤 시원스레 타오른다.

"자, 쬐세요. 여북이나 추우셨을까."

처마 끝을 보니 푸른 연기가 부딪쳐 흩어지면서 아직도 희미한 흔적을 판자 차양에 남기며 감돌고 있다.

"아아, 기분 좋네요. 덕분에 살았습니다."

"마침맞게 비도 갰네요. 보세요, 덴구이와(天狗巖)가 보이기 시작하네요."

끄물끄물 흐리기만 한 봄 하늘이 답답하다는 듯이 불어제치는 산바람이 마음껏 빠져나간 앞산 한 모퉁이는 미련 없이 활짝 갰고, 노파가 가리키는 쪽에 거칠게 깎아놓은 기둥처럼 뾰족하게 우뚝 솟아 있는 것이 덴구이와라고 한다.

나는 먼저 덴구이와를 바라보고, 다음에 할멈을 바라보고, 세 번째에는 반반씩 양쪽을 비교해보았다. 화가로서의 내 머릿속에 존재하는 할멈의 얼굴은 〈다카사고〉라는 노(能)에 나오는 할멈과 나가사와 로세쓰[6]가 그린 마귀할멈뿐이다. 나가사와 로세쓰의 그림을 봤을 때 이상(理想)의 노파는 아주 무서운 존재라 느꼈다. 단풍 속이나 차가운 달 아래에 두어야 하는 것이라 생각했다. 호쇼류 노의 특별 공연을 보았을 때, 과연 할멈에게도 이렇게 다정한 표정이 있을 수 있구나, 하고 깜짝 놀랐다. 그 가면은 필시 명인이 새긴 것일 게다. 안타깝게도 작자의 이름은 귀담아듣지 않았지만, 노인도 그렇게 표현하니 풍부하고 온화하며 따뜻하게 보였다. 금박 입힌 병풍에, 봄바람에, 혹은 벚꽃에 곁들여도 별 지장이 없는 생김새였다. 나는 덴구이와보다는, 소매 없는 하오리 차림으로 허리를 펴고 손을 이마에 댄 채 먼 곳을 가리키고 있는 할멈이 봄날 산길의 경치에 어울린다고 생각했다. 내가 사생첩을 들고, 지금 그대로 잠시만, 하고 말하는 순간 할멈의 자세는 무너졌다.

무료하게 사생첩을 불에 쬐어 말리면서 말했다.

"할머니, 건강해 보이시네요."

"예. 다행히 건강해서 바느질도 하고 베도 짜고 떡가루도 빻는답니다."

이 할멈에게 맷돌을 돌리게 해보고 싶어졌다. 하지만 그런 주문을 할 수 없어 다른 걸 물어본다.

"여기서 나코이까지는 4킬로미터가 안 된다지요?"

"예, 3킬로미터입니다. 손님께서는 탕치(湯治)하러 가시는 길인가요?"

"북적이지만 않으면 잠시 머물다 갈까 하는데, 뭐 마음이 내키면요."

"북적이긴요. 전쟁[7]이 시작되고 나서는 찾는 사람이 전혀 없답니다.

6 나가사와 로세쓰(長澤蘆雪, 1754~1799). 에도 시대 전기의 화가.

문을 닫은 것이나 진배없죠."

"묘한 일이군요. 그럼 묵을 수 없을지도 모르겠네요."

"웬걸요, 부탁하면 언제든지 묵을 수 있습니다."

"온천장은 한 집뿐이었지요?"

"예, 시호다 씨를 찾으면 금방 알 수 있을 겁니다. 마을의 부자라서 탕치장인지 은거지인지 알 수가 없습니다."

"그럼 손님이 없어도 하등 상관없는 거네요."

"손님은 처음이신가요?"

"아니요, 오래전에 잠깐 들른 적이 있습니다."

대화는 잠시 끊어진다. 노트를 펼치고 조금 전의 그 닭을 조용히 그리고 있으니 차분해진 귓가에 짤랑짤랑 하는 말방울 소리가 들리기 시작했다. 그 소리가 저절로 박자를 맞춰 머릿속에서 일종의 리듬이 생긴다. 잠을 자면서 꿈속에 옆집 절구 소리에 이끌리는 기분이다. 나는 닭 그리는 것을 그만두고 같은 페이지 가장자리에 다음과 같이 적어보았다.

봄바람이여, 이젠의 귓가에 말방울 소리[8]

산을 오르면서 말 대여섯 필을 만났다. 그 대여섯 필은 모두 배두렁이를 걸쳤고 방울을 울리고 있었다. 요즘 세상의 말로는 보이지 않는다.

얼마 후 한가로운 마부가(馬夫歌)가 봄이 한창인 공산일로(空山一

7 러일전쟁(1904~1905)을 말한다.

8 이젠은 에도 시대의 하이쿠 작가 히로세 이젠(廣瀨惟然, ?~1711)을 말한다. 소세키가 친구이자 하이쿠 시인이며 소설가인 다카하마 교시(高浜虛子, 1874~1959)에게 보낸 편지에 이 하이쿠가 있다.

路)[9]의 꿈을 깬다. 가련함 속에 무사태평한 울림이 깃들어 있어 아무리 생각해도 그림에 그린 듯한 목소리다.

마부의 노래, 스즈카 고개 넘으니 봄비[10]

이번에는 비스듬하게 이렇게 적었는데, 써놓고 보니 이건 나 자신의 하이쿠가 아니라는 걸 깨달았다.

"또 누가 왔네요."

할멈이 반쯤 혼잣말처럼 말한다.

단 한 줄기 봄 길이라 가는 이도 오는 이도 다들 친한 사람들처럼 보인다. 조금 전에 만난 대여섯 필 말의 짤랑거리는 방울 소리도 모두 이 할멈의 마음속에 또 누가 왔다고 생각하게 하며 산을 내려가고 또 올라갔을 것이다. 길은 적막하고, 고금(古今)의 봄을 가로질러 꽃을 싫어하면 밟을 땅이 없는 작은 마을에서 할멈은 오래전부터 짤랑거리는 방울 소리를 다 헤아리며 오늘의 백발이 되었을 것이다.

마부의 노래여, 백발도 물들이지 못하고 저무는 봄

다음 페이지에 이렇게 적었지만 이것으로는 자신의 느낌을 다 담을 수 없어, 좀 더 다듬을 수 있을 것 같다고 생각하며 연필 끝을 응시했다. 어떻든지 백발이라는 글자를 넣고, 아득한 세월이라는 구절을

9 인기척 없는 한적한 산중에 한 줄기 길만 있는 모습이다.

10 "馬子唄の鈴鹿越ゆるや春の雨." 소세키의 친구이자 하이쿠 혁신 운동을 이끌었던 마사오카 시키(正岡子規, 1867~1902)의 하이쿠인 "馬子歌の鈴鹿越上るや春の雨"를 살짝 바꾼 것.

넣고, 마부의 노래라는 제재도 넣고, 봄의 계절어도 넣어 열일곱 자에 담고 싶어 궁리하고 있는데 진짜 마부가 가게 앞에 멈춰 서서 큰 소리로 말한다.

"안녕하세요?"

"어머, 겐 씨로군. 또 성안에 가는 길인가?"

"뭐 살 거라도 있으면 사다드릴게요."

"그럴까, 가지초를 지나면 레이간지(靈巖寺)의 부적 하나 사서 우리 딸한테 갖다줘."

"예, 갖다드리죠. 한 장이면 되나요? 오아키 씨가 좋은 데로 시집가서 행복하겠어요. 그렇지요, 아주머니?"

"고맙게도 지금은 별 어려움이 없어. 뭐 이런 걸 행복이라고 하는 걸까?"

"행복한 거지요, 아주머니. 나코이 댁 아가씨와 비교해보세요."

"정말 안됐어. 그렇게 예쁜데. 요즘 상태는 좀 어떤가?"

"여전하죠 뭐."

"난감하겠군."

할멈이 크게 한숨을 내쉰다.

"난감하죠."

겐 씨가 말의 코를 쓰다듬는다.

가지가 무성한 산벚나무 잎도 꽃도, 높은 하늘에서 떨어진 그대로의 빗물 덩어리를 흠뻑 머금은 채였는데, 이때 지나가는 바람에 발이 걸려 더 이상 배겨내지 못하고 임시 거처에서 후드득 굴러 떨어진다. 말이 놀라 긴 갈기를 위아래로 흔든다.

"이 녀석 봐라."

꾸짖는 겐 씨의 목소리가 짤랑짤랑 방울 소리와 함께 나의 명상을 깬다.

할멈이 말한다.

"겐 씨, 나는 말이야, 아씨가 시집갈 때의 모습이 아직도 눈앞에 어른거려. 옷단에 무늬가 들어간 후리소데[11]를 입고 다카시마다[12] 머리를 한 채 말을 타고……"

"그래요, 배가 아니었어요. 말이었어요. 역시 여기서 쉬어 갔죠, 아주머니."

"그래, 그 벚나무 아래서 아가씨가 탄 말이 멈췄을 때 벚꽃이 나풀나풀 떨어져 애써 올린 시마다 머리에 얼룩이 생겼지."

나는 다시 사생첩을 펼친다. 이 경치는 그림도 되고 시도 된다. 마음속에 신부의 모습을 떠올리고 당시의 모습을 상상해보며 의기양양한 얼굴로 이렇게 적어 넣는다.

꽃필 무렵을 넘어, 고귀한 말에 탄 신부

신기하게도 의상도 머리도 말도 벚꽃도 또렷이 떠올랐지만 신부의 얼굴만은 도무지 떠오르지 않았다. 잠시 이 얼굴인가, 저 얼굴인가 하고 이리저리 궁리하는 중에 그 다카시마다 머리 아래에 홀연 밀레이[13]가 그린 오필리아[14]의 얼굴이 쏙 들어갔다. 이건 아냐, 하고 애써 구성한 그림을 재빨리 무너뜨린다. 의상도 머리도 말도 벚꽃도 한순

11 겨드랑이 밑을 꿰매지 않은 긴 소매의 옷으로, 주로 미혼 여성의 예복으로 쓰인다.

12 여자들의 높이 추켜올린 머리 모양으로, 메이지 시대 이후 신부의 정식 머리 모양이 되었다.

13 존 에버렛 밀레이(John Everett Millais, 1829~1876). 영국의 19세기 라파엘로 전파에 속한 화가.

간에 마음속에서 깨끗이 물러갔지만, 두 손바닥을 위로 하고 물 위를 흘러가는 오필리아의 모습만은 몽롱하게 가슴속에 남아 있어, 종려 빗자루로 연기를 쫓는 것처럼 개운하지가 않았다. 하늘에 꼬리를 길게 끄는 혜성처럼 어쩐지 이상한 느낌이다.

"그럼, 저는 이만."

겐 씨가 인사한다.

"돌아가는 길에 또 들러. 하필 비가 와서 꼬부랑길은 힘들 거야."

"예, 힘 좀 들겠지요."

겐 씨는 걸음을 옮긴다. 겐 씨의 말도 걷기 시작한다. 짤랑짤랑.

"저 사람은 나코이 남자인가요?"

"예, 나코이의 겐베라고 하지요."

"저 남자가 어디 아씨를 말에 태우고 고개를 넘었나요?"

"시호다의 아씨가 성안으로 시집갈 때 검푸른 말에 태우고 겐베가 고삐를 쥐고 지났답니다. 세월이 쏜살같아 벌써 5년이 되었네요."

거울 앞에 설 때만 자신의 머리가 하얗게 센 것을 한탄하는 이는 행복한 부류에 속하는 사람이다. 손을 꼽아보고서야 5년의 세월이 바퀴 구르듯 빠르게 흘렀음을 깨닫는 할멈은 오히려 신선에 가까운 인간일 것이다. 나는 이렇게 대답했다.

"필시 아주 예뻤나 보군요. 보러 왔으면 좋았을걸."

"하하하하, 지금도 볼 수 있답니다. 탕치장에 가시면 아마 나와서 인사할 겁니다."

"아하, 지금은 친정에 있군요. 지금도 옷단에 무늬가 들어간 후리소

14 셰익스피어의 『햄릿』에 나오는 여인. 밀레이의 대표작에 물에 빠져 죽은 오필리아를 그린 〈오필리아(Ophelia)〉라는 그림이 있다.

데를 입고 다카시마다 머리를 하고 있으면 좋을 텐데요."

"부탁해보세요. 그렇게 해줄걸요."

나는 설마 하고 생각했으나 할멈은 의외로 진지하다. 비인정의 여행에는 이런 것이 등장하지 않으면 재미가 없다. 할멈이 말한다.

"아씨와 나가라의 처녀가 아주 닮았답니다."

"얼굴이요?"

"아니요, 처지가요."

"아아, 그 나가라의 처자는 또 누군가요?"

"옛날 이 마을에 나가라의 처자라는 부잣집 딸이 있었답니다."

"아, 그렇군요."

"그런데 그 처자한테 두 사내가 한꺼번에 마음을 두었다오."

"아, 저런."

"사사다오토코에게 마음을 줄지, 사사베오토코에게 마음을 줄지, 처자는 밤낮으로 고민했지만 어느 쪽에도 마음을 주지 못했지요.

> 가을이 되면 그대도 억새꽃에 맺힌 이슬처럼 덧없이 사라져버릴 것만 같습니다[15]

결국 이런 노래를 읊고 깊은 강물에 몸을 던지고 말았다오."

나는 이런 산골에 와서 이런 할멈에게 이런 고풍스러운 말로 이런 우아한 이야기를 들을 줄은 생각도 하지 못했다.

"여기서 5백 미터쯤 동쪽으로 내려가면 길가에 오륜탑이 있습니다. 가는 김에 나가라의 처자 묘를 보고 가세요."

15 『만요슈(萬葉集)』 권8(1564)에 실려 있는 「헤키노나가에노오토메(日置長枝娘子)」.

나는 마음속으로 꼭 보고 가려고 결심했다. 할멈은 다음 이야기를 계속한다.

"나코이의 아씨한테도 두 사내가 탈이었다오. 한 사람은 아씨가 교토로 수행하러 갔을 때 만난 사람이고 또 한 사람은 이 성안에서 제일 가는 부자였다오."

"아아, 아씨는 어느 쪽에 마음을 주었나요?"

"아씨는 교토 분을 원했는데 거기에는 여러 가지 사정이 있었겠지만, 부모님이 억지로 이쪽 사람으로 정하는 바람에……"

"다행히 깊은 강물에 몸을 던지지 않아도 되었군요."

"그런데 그쪽도 미모를 흠모하여 데려갔으니까 꽤나 소중히 대해 주었는지는 모르겠으나 원래 억지로 가게 된 것이라 아무래도 사이가 좋지 못해서 친척들도 상당히 걱정하는 것 같았지요. 그러다가 이번 전쟁으로 남편이 다니던 은행이 망했다오. 그래서 아씨는 다시 나코이로 돌아오게 되었지요. 사람들은 아씨를 인정이 없다느니 박정하다느니 이런저런 말을 한다오. 원래는 아주 얌전하고 마음씨가 고왔는데 요즘에는 성격이 꽤 거칠어져서 왠지 걱정이라고 겐베도 올 때마다 말하지요……"

그다음 이야기를 들으니 애써 만들어진 취향이 깨진다. 이제 곧 신선이 되려는 참인데 누군가 와서 날개옷을 돌려달라고 재촉하는 것 같다. 꼬부랑길의 위험을 무릅쓰고 가까스로 여기까지 왔는데, 그렇게 함부로 속계로 끌려 내려오면 훌쩍 집을 떠난 보람이 없다. 잡담도 어느 정도 이상 파고들면 속세 냄새가 모공으로 스며들어 덕지덕지 낀 때로 몸이 무거워진다.

"할머니, 나코이까지는 외길이지요?"

10전짜리 은화 하나를 탁자 위에 짤랑 내던지고 자리에서 일어선다.

"나가라의 오륜탑에서 오른쪽으로 내려가면 6백 미터쯤 되는 지름길이라오. 길은 좋지 않지만 젊은 분한테는 그게 나을 거요…… 이거 웬 찻값을 이렇게 많이, 조심해서 가시오."

# 3

어젯밤에는 묘한 기분이 들었다.

숙소에 도착한 것은 저녁 8시 무렵이어서 집 모양이나 정원의 구조는 물론이고 동서의 방향조차 분간할 수 없었다. 어쩐지 회랑 같은 곳을 자꾸 돌다가 결국 다다미 여섯 장쯤 되는 크기의 작은 방으로 안내되었다. 예전에 왔을 때와는 전혀 다른 느낌이었다. 저녁식사를 마치고 탕에 들어갔다가 방으로 돌아와 차를 마시고 있으니 하녀가 와서 이부자리를 깔까요, 한다.

이상하게 여긴 것은, 숙소에 도착했을 때 맞이하는 일도, 저녁식사 때의 시중도, 욕탕으로 안내하는 일도, 이부자리를 까는 일도 모두 이 하녀 혼자 도맡아 한다는 점이다. 게다가 좀처럼 입을 열지 않는다. 그렇다고 촌스럽지도 않다. 붉은 띠를 멋없이 매고 고풍스러운 초롱을 들고 복도 같기도 하고 계단 같기도 한 곳을 빙빙 돌았을 때, 같은 띠, 같은 초롱으로, 복도 같기도 하고 계단 같기도 한 곳을 몇 번이나 내려가 욕탕으로 안내했을 때는 내가 생각해도 이미 캔버스 안을 오가는 듯한 기분이 들었다.

식사 시중을 들 때는, 요즘엔 손님이 없어 다른 방은 청소를 하지 않았으니 평소 쓰던 방을 써달라고 말했다. 이부자리를 깔 때는 편안하게, 안녕히 주무세요, 라고 인간다운 말을 하고 나갔는데 그 발소리가 꼬불꼬불한 복도를 따라 아래로 차츰 내려가며 멀어진 뒤에는 쥐 죽은 듯 인기척이 없는 것이 마음에 걸렸다.

태어나서 이런 경험은 단 한 번밖에 없다. 옛날 보슈에서 다테야마를 등지고 빠져나가 가즈사에서 초시까지 해변을 따라 걸어간 적이 있다. 그때 하룻밤을 어떤 곳에서 묵었다. 어떤 곳이라고밖에 달리 표현할 말이 없다. 지금은 그 고장의 이름도 여관의 이름도 모두 잊었다. 내가 묵은 곳이 여관이었는지조차 분명치 않다. 용마루가 높은 커다란 집에 여자 둘만 있었다. 내가 묵을 수 있는지를 물었을 때 나이 든 여자가 예, 라고 대답하고 더 어린 여자가 이쪽으로, 하며 안내하기에 따라가니 몹시 황폐한 넓은 방 몇 개를 지나 가장 안쪽의 중2층으로 안내했다. 계단 세 개를 올라가 복도에서 방으로 들어가려고 하자 판자 차양 아래 쓰러질 듯 서 있는 한 무더기의 길게 뻗은 대나무가 저녁 바람을 맞으며 산들산들 내 어깨에서 머리까지 쓰다듬어 아주 섬뜩했다. 툇마루의 판자는 이미 썩어가고 있었다. 내년에는 죽순이 툇마루를 뚫고 들어와 방 안이 대나무로 가득할 것 같다고 말했더니 젊은 여자는 아무 말도 하지 않고 히죽 웃으며 나갔다.

그날 밤은 그 대나무가 머리맡에서 바삭바삭 소리를 내는 바람에 잠을 이룰 수 없었다. 장지문을 열었더니 뜰은 온통 풀밭이고 여름밤의 달이 밝아 눈을 돌리니 담이나 울타리가 있기는커녕 바로 커다란 산으로 이어져 있었다. 산 너머에는 바로 드넓은 바다여서 쏴아쏴아

밀려오는 커다란 파도가 인간 세상을 위협하러 온다. 나는 결국 동이 틀 때까지 한숨도 자지 못하고 미덥지 않은 모기장 안에서 견디며 이런 광경은 구사조시(草雙紙)[1]에나 나올 법한 장면이라고 생각했다.

그 후에도 여러 차례 여행을 했지만 그런 기분이 든 것은 오늘 밤 이곳 나코이에 묵을 때까지는 한 번도 없었다.

똑바로 누워서 우연히 눈을 떠보니 문 위에 주홍색 틀의 액자가 걸려 있다. 누워서도 그 글자가 죽영불계진부동(竹影拂階塵不動)[2]이라는 걸 분명히 읽을 수 있다. 다이테쓰(大徹)라는 낙관도 뚜렷하게 보인다. 나는 서도에 관한 감식안이 전무한 사람이지만 평소부터 황벽종(黃檗宗)의 고센 화상[3]의 필치를 좋아한다. 인겐, 소쿠히, 모쿠안[4]의 글씨에도 흥미를 느끼지만, 고센의 글씨가 가장 원숙하고 강력하며 고상하고 세련되었다고 느낀다. 지금 이 일곱 글자를 보니 붓놀림이 아무래도 고센의 솜씨라고밖에 생각되지 않는다. 하지만 실제로 다이테쓰라고 되어 있으니 다른 사람일 것이다. 어쩌면 황벽종에 다이테쓰라는 스님이 있었는지도 모른다. 그런데 종이 색깔을 보면 너무 새것이다. 아무래도 최근의 것으로 볼 수밖에 없다.

옆을 본다. 도코노마[5]에 걸려 있는 자쿠추[6]의 학 그림이 눈에 띈다.

1 에도 시대에서 메이지 시대에 걸쳐 유행한, 삽화가 들어간 읽을거리.

2 중국 명대의 홍자성(洪自誠)이 지은 『채근담(菜根譚)』에 나오는 문구로, '대나무 그림자가 섬돌을 쓸어도 먼지 하나 일지 않는다'는 뜻이다.

3 고센 화상(高泉和尙)은 인겐 선사(隱元禪師, 1592~1673)의 초청으로 중국에서 일본으로 건너가 만부쿠지(万福寺)의 5대 지주가 되었다.

4 인겐은 명나라 승려로 일본에 귀화했으며 황벽종의 시조다. 소쿠히(卽非, 1616~1671)는 인겐의 초청으로 일본에 왔으며, 모쿠안(木庵) 또한 인겐의 초청으로 일본으로 건너가 만부쿠지 창건에 협력했고 나중에 2대 지주가 되었다.

5 일본식 다다미방 한쪽 바닥을 한 층 높게 만들어 벽에는 족자를 걸고 바닥에는 꽃이나 장식물을 꾸며놓은 곳.

내게는 직업적인 분야인 만큼 방에 들어서자마자 일품이라는 걸 알았다. 자쿠추의 그림은 대개 정교하고 치밀하게 채색한 그림이 많은데, 이 학은 세상 사람들의 눈을 의식하지 않고 단숨에 그린 것이다. 한 발로 날씬하게 서 있고 그 위에 계란 모양의 몸이 사뿐히 놓여 있는 모습이 내 마음에 쏙 든다. 세속을 벗어난 듯한 정취가 긴 부리 끝까지 깃들어 있다. 도코노마 옆에는, 두 개의 판자를 서로 어긋나게 매달아놓은 선반이 없고 보통의 벽장이 이어져 있다. 벽장 안에는 뭐가 있는지 알 수 없다.

새근새근 잠이 든다. 꿈속으로.

나가라의 처자가 후리소데를 입고 검푸른 말을 타고 고개를 넘으니 느닷없이 사사다오토코와 사사베오토코가 뛰쳐나와 양쪽에서 잡아당긴다. 여자가 갑자기 오필리아가 되어 버들가지에 올라타 강물을 따라 흘러가면서 아름다운 목소리로 노래를 부른다. 그녀를 구하려고 긴 장대를 들고 무코지마로 뒤쫓아 간다. 여자는 힘든 기색도 없이 웃으며 노래하면서 가는 곳도 모른 채 흘러 내려간다. 나는 장대를 메고 이봐요, 이봐요, 하고 부른다.

거기서 눈을 떴다. 겨드랑이에 땀이 찬다. 묘하게 우아한 것과 속된 것이 뒤섞인 꿈을 꾸었다고 생각했다. 옛날 중국 송나라의 대혜(大慧) 선사라는 사람은 깨달음을 얻은 뒤에는 무슨 일이든 뜻대로 되지 않은 일이 없는데, 다만 꿈속에서는 속된 생각이 나타나 곤란하다며 오랫동안 번민했다고 한다. 그럴듯하다. 문예를 운명으로 삼는 자는 좀 더 아름다운 꿈을 꾸지 못하면 말발이 서지 않는다. 이런 꿈으로는 대

6 이토 자쿠추(伊藤若冲, 1716~1800). 에도 시대 중기의 화가로 교토에서 활동했다. 꽃, 물고기, 새, 닭을 그리는 데 뛰어났으며, 특히 닭 그림으로 유명하다.

체로 그림도 시도 되지 않는다고 생각하면서 몸을 뒤척이자 어느새 장지문에 달빛이 비쳐 나뭇가지 두세 개가 비스듬히 그림자를 드리우고 있다. 맑다고 할 정도의 봄밤이다.

그런 생각을 해서인지 누군가 나지막한 소리로 노래를 하고 있는 것 같다. 꿈속의 노래가 이 세상으로 빠져나온 것인가, 아니면 이 세상의 소리가 먼 꿈나라로 비몽사몽간에 뒤섞여 들어간 것인가, 하고 귀를 기울인다. 확실히 누군가 노래를 하고 있다. 가늘고 나직한 목소리임에는 틀림없지만, 잠들려는 봄밤에 한 가닥 맥박을 희미하게 뛰게 하고 있다. 신기하게도 그 가락은 그렇다 해도 그 가사를 들으니, 머리맡에서 부르는 것이 아니라 가사를 알 수 없을 텐데, 들릴 리 없는 그 가사가 잘 들린다.

> 가을이 되면 그대도 억새꽃에 맺힌 이슬처럼 덧없이 사라져버릴 것만 같습니다

나가라의 처자가 부르는 노래를 되풀이하고 있는 것 같다.

처음에는 툇마루 가까이에서 들리던 소리가 차츰 가늘어지고 멀어진다. 돌연 그치는 것에는 갑작스러운 느낌이 있지만 애틋함은 적다. 뚝 그친 소리를 듣는 사람의 마음에는 역시 뚝 그친 느낌이 인다. 이렇다 할 단락도 없이 자연스럽게 가늘어지다가 어느덧 사라져야 하는 현상에는 나 역시 초를 줄이고 분을 나눠 불안한 마음의 폭을 좁힌다. 죽을 듯 죽을 듯한 병자처럼, 꺼질 듯 꺼질 듯한 등잔불처럼 이제나 그치려나 저제나 그치려나 하고 마음만 어지럽히는 이 노래에는 천하의 춘한(春恨)을 모두 모으는 가락이 있다.

이제까지는 잠자리에서 참고 듣고 있었는데, 들리는 소리가 멀어짐에 따라 꾀어내고 있다는 것을 알면서도 내 귀는 그 소리를 따라가고 싶어 한다. 가늘어질수록 귀만이라도 뒤를 따라 날아가고 싶어진다. 이제는 아무리 안달해도 고막에 울리는 일은 없을 거라고 생각하기 직전, 나는 참을 수 없어 나도 모르게 이불에서 빠져나가 장지문을 확 열어젖혔다. 그 순간 내 무릎 아래로 비스듬히 달빛이 비쳐든다. 잠옷 위에도 나무 그림자가 흔들리며 떨어졌다.

장지문을 열었을 때는 그런 것을 알아채지 못했다. 그 목소리는, 하고 귀가 달려가는 방향을 간파하고 보니 건너편에 있었다. 꽃이라면 해당화로 여겨지는 나무줄기를 등지고 쌀쌀맞게도 달빛을 피해 몽롱한 그림자가 있었다. 저건가, 하고 생각하는 의식조차 확실히 마음에 비치기 전에 검은 것이 꽃 그림자를 짓밟고 오른쪽으로 돌아갔다. 내가 있는 방과 이어진 집 모퉁이가 쓱 움직이는 키 큰 여자의 모습을 이내 가려버린다.

빌려 입은 유카타[7] 하나만 걸치고 장지문에 매달린 채 잠시 멍하니 있었다. 이윽고 정신을 차리고 보니 산골의 봄이 꽤 춥다는 걸 알았다. 아무튼 빠져나온 이불 속으로 다시 들어가 생각하기 시작했다. 베개 밑에서 회중시계를 꺼내 보니 1시 10분이 지나 있다. 다시 베개 밑에 밀어 넣고 생각하기 시작했다. 설마 요괴는 아닐 것이다. 요괴가 아니라면 인간이고, 인간이라면 여자다. 어쩌면 이 집의 아가씨인지도 모른다. 하지만 이혼하고 돌아온 아가씨가 한밤중에 산이 인접해 있는 뜰로 나오는 것은 다소 온당치 못한 일이다. 아무튼 좀처럼 잠을 이룰 수 없다. 베개 밑에 있는 회중시계까지 똑딱똑딱 말을 한다. 지

7 일본의 무명 홑옷으로 주로 잠잘 때나 목욕한 뒤에 입는다.

금까지 회중시계 소리가 신경 쓰인 적은 없었지만 오늘 밤만은 유독 자, 생각해라, 생각해라, 하고 재촉하는 것처럼, 자지 마라, 자지 마라, 하고 충고하는 것처럼 말을 한다. 괘씸하다.

두려운 것도 그저 두려운 것 그대로의 모습으로 보면 시가 된다. 무서운 것도 자신을 떠나 그저 단독으로 무서운 것이라고 생각하면 그림이 된다. 실연이 예술의 제재가 되는 것도 바로 그 때문이다. 실연의 고통을 잊고 그 부드러운 면이나 동정이 깃드는 면, 수심 어린 면, 한 발 더 나아가 말하자면 실연의 고통 그 자체가 흘러넘치는 면을 단지 객관적으로 눈앞에 떠올리는 데서 문학과 미술의 재료가 된다. 이 세상에 있지도 않은 실연을 창조하여 스스로 억지로 번민하고 쾌락을 탐하는 자가 있다. 보통 사람은 이를 평하여 어리석다고 하고 미친 짓이라고 한다. 하지만 스스로 불행의 윤곽을 그리고 기꺼이 그 안에서 살아가는 것은, 스스로 어디에도 존재하지 않는 풍경을 그려 넣고 자신만의 별세계에서 기뻐하는 것과 그 예술적 입각점을 얻은 점에서는 완전히 같은 것이라고 말하지 않을 수 없다. 이 점에서 세상의 허다한 예술가는 (보통 사람으로서는 어떨지 모르지만) 보통 사람보다 어리석다. 미치광이다. 우리는 도보 여행을 하는 동안, 아침부터 밤까지 계속해서 힘들다, 힘들다, 고 불평을 늘어놓지만 다른 사람에게 예전에 했던 여행을 자랑할 때는 불평스러운 것은 조금도 보여주지 않는다. 재미있었던 일, 유쾌했던 일은 물론이고 옛날 불평했던 일까지 재잘거리며 득의양양한 표정을 짓는다. 이는 굳이 스스로를 속이거나 남을 속이려는 마음에서가 아니다. 여행을 하는 동안에는 보통 사람의 마음이고 지난 여행을 이야기할 때는 이미 시인의 태도가 되기 때문에 이런 모순이 생기는 것이다. 그러고 보면 네모난 세계에서 상식이라는 이름이 붙은 한 모서리를 마멸하여 세모 속에 사는 이를 예술가라 불러도 좋을 것이다.

그렇기에 자연이건 사람의 일이건 속인들이 난감해하며 가까이하지 않으려는 데서 예술가는 무수한 임랑(琳琅)[8]을 보고 최상의 보로(寶璐)[9]를 안다. 이를 속되게 일러 미화라고 한다. 그러나 사실은 미화도 뭐도 아니다. 찬란한 광채는 아주 옛날부터 현상 세계에 실재하고 있다. 다만 눈그늘에서 꽃이 난무하는 환각이 보이는 것처럼 번뇌로 인해 깨달음을 얻지 못하기 때문에, 속세의 규범에 구속되지 않는 것이 어렵기 때문에, 다양한 이해관계가 우리를 압박하는 일이 순간순간 간절하기 때문에, 터너[10]가 기차를 그릴 때까지는 기차의 아름다움을 알지 못했고, 오쿄[11]가 유령을 그릴 때까지는 유령의 아름다움을 알지 못하고 지나친 것이다.

내가 조금 전에 본 그림자도 단지 그것만의 현상이라면, 누가 봐도 누구에게 들려주어도 느낄 수 있는 풍부한 시적 정취를 띠고 있다. 외딴 마을의 온천, 봄밤의 꽃 그림자, 달빛 아래 나지막한 노랫소리, 으스름달밤의 모습, 어느 것이나 예술가의 좋은 제재다. 이렇듯 좋은 제재가 눈앞에 있는데도 나는 괜히 따지며 쓸데없는 탐색을 하고 있다. 모처럼의 우아한 경지에 이치를 내세움으로써 더 이상 바랄 나위가 없는 풍류를, 기분 나쁜 느낌이 짓밟고 말았다. 이런 일이라면 비인정

8 아름다운 구슬, 아름다운 시문이라는 뜻이다. 류종완(柳宗完)의 「답공사심기서(答貢士沈起書)」라는 글에 나오는 말이다.

9 아름다운 구슬이라는 뜻으로, 굴원(屈原)의 『초사(楚辭)』에 나오는 말이다.

10 조지프 말로드 윌리엄 터너(Joseph Mallord William Turner, 1775~1851). 19세기 영국의 풍경화가.

11 마루야마 오쿄(円山応擧, 1733~1795). 에도 중기의 화가로, 사생을 중시한 친숙한 화풍이 특색이다. '다리 없는 유령'을 그리기 시작한 화가로 알려져 있다.

도 표방할 가치가 없다. 좀 더 수행하지 않으면 사람들에게 시인이라고도 화가라고도 말할 자격이 없다. 옛날 이탈리아의 화가 살바토르 로사[12]가 도둑을 연구해보고 싶다는 일념에서 위험을 무릅쓰고 스스로 산적 무리에 들어갔다는 이야기를 들은 적이 있다. 화첩을 품에 넣고 훌쩍 집을 떠난 이상, 나도 그 정도의 각오가 없다면 부끄러운 일이다.

이런 때에 어떻게 하면 시적인 입각점으로 돌아갈 수 있을까. 그것은 자신의 느낌 자체를 자기 앞에 놓고 그 느낌에서 한발 물러나, 있는 그대로 차분하게 남처럼 이를 검사할 여지만 만들면 되는 일이다. 시인이란 자신의 시체를 자신이 해부하고 그 병세를 천하에 발표할 의무를 갖고 있다. 그 방법은 여러 가지가 있는데, 가장 손쉬운 방법은 뭐든지 닥치는 대로 열일곱 자로 정리해보는 것이다. 열일곱 자는 시형(詩形)으로서는 가장 간편하기에 세수를 할 때도 뒷간에 있을 때도 전차에 탔을 때도 쉽게 만들 수 있다. 열일곱 자가 쉽게 만들어진다는 것은 간단히 시인이 될 수 있다는 의미이고, 시인이 된다는 것은 일종의 깨달음이니 간편하다고 해서 모멸할 필요는 없다. 간편하면 할수록 공덕이 되기 때문에 오히려 존중할 만한 일일 것이다. 자, 약간 화가 났다고 가정해보자. 화가 난 것을 바로 열일곱 자로 표현한다. 열일곱 자로 만들 때는 자신의 화가 이미 타인의 화로 변한다. 화를 내고 하이쿠 짓는 걸 한 사람이 동시에 할 수는 없는 것이다. 살짝 눈물을 흘린다고 하자. 그 눈물을 열일곱 자로 표현한다. 그 순간 기뻐진다. 눈물을 열일곱 자로 정리했을 때는 괴로움의 눈물이 자신에게서 분리

12 살바토르 로사(Salvator Rosa, 1615~1673). 이탈리아 바로크 시대에 활동한 나폴리파의 화가이자 동판화가.

되고, 나는 울 수 있는 남자라는 기쁨만을 느끼는 자신이 된다.

이것이 내 평소 주장이다. 오늘 밤도 일단 이 주장을 실행해보려고 잠자리에서 조금 전의 그 사건을 이리저리 하이쿠로 표현한다. 완성된 것은 적어놓지 않으면 산만해져서 안 되기 때문에, 게다가 정성을 들인 수업이니 아까 그 사생첩을 펼쳐 머리말에 놓아둔다.

해당화에 맺힌 이슬을 떨어뜨리네, 미치광이

맨 먼저 이렇게 적어놓고 읽어보니 별 재미는 없지만, 그렇다고 기분 나쁜 것도 아니다.

꽃 그림자, 몽롱한 여자 그림자인가

다음에는 이렇게 적었는데, 여기에는 계절어가 중복되어 있다.[13] 하지만 아무래도 상관없다. 마음이 차분해지고 느긋해지기만 하면 그만이다.

정일품,[14] 여자로 변신했나 으스름달

그러고 나서 이렇게 지었지만 교쿠(狂句)[15] 같아서 내가 생각해도 우스웠다.

13 꽃(花)과 롱(朧)이라는 봄 계절어가 두 개 중복되었다는 의미다.

14 신의 계급을 말하는데 일반적으로 이나리노카미(稲荷神)를 말하고, 이나리는 여우를 가리킨다.

15 익살맞은 하이쿠를 말한다.

이런 정도면 괜찮다며 흥이 나서 하이쿠가 나오는 대로 모두 적어 본다.

봄밤의 별 떨어져, 한밤중의 비녀이런가
봄밤의 구름에 적시누나, 감고 난 풀어진 머리
봄이여, 오늘 밤 노래하는 모습
해당화의 정령이 나타나는 달밤이런가
노랫소리, 그때그때 달빛 아래 봄을 여기저기로
생각을 멈추고, 깊어가는 봄밤 혼자이런가

이렇게 적어가다가 어느덧 꾸벅꾸벅 잠이 밀려온다.

황홀이라는 말은 이럴 때 써야 할 형용사인가 하는 생각을 한다. 어떤 사람도 숙면하는 동안에는 나를 인지할 수 없다. 정신이 멀쩡할 때 외계(外界)를 잊는 사람은 아무도 없을 것이다. 다만 두 영역 사이에는 실낱같은 환영이 가로놓여 있다. 깨어 있다고 하기에는 너무나 몽롱하고 잠들어 있다고 하기에는 생기가 약간 남아 있다. 깨어 있는 것과 잠들어 있는 두 세계를 같은 병 속에 넣고 시가(詩歌)의 붓으로 휘저어놓기만 한 것 같은 상태를 말하는 것이다. 자연의 색을 꿈 바로 앞까지 바림하고, 있는 그대로의 우주를 일단 안개의 나라로 흘러가게 한다. 수마(睡魔)의 솜씨를 빌려 온갖 실상(實相)의 각도를 매끄럽게 하는 동시에 그렇게 해서 부드러워진 건곤(乾坤)에 스스로 희미하게 둔한 맥을 통하게 한다. 땅을 기는 연기가 날아가려고 해도 날 수 없는 것처럼 내 영혼이 내 껍질을 떠나려고 해도 떠날 수 없는 모습이다. 빠져나가려고 하다가 망설이고 망설이다가 빠져나가려고 하고,

끝내 영혼이라는 개체를 몰인정하게 유지하기 어려워 활기에 찬 영묘한 기운이 흩어지지 않고 온몸에 달라붙어 연연해하는 기분이다.

내가 이렇게 오매(寤寐)의 경계를 소요하고 있을 때 입구의 장지문이 쓰윽 열렸다. 문이 열린 곳에 환영처럼 홀연히 여자의 그림자가 나타났다. 나는 놀라지도 않는다. 두려워하지도 않는다. 그저 기분 좋게 바라보고 있다. 바라본다고 말하면 말이 너무 강하다. 감고 있는 내 눈꺼풀 안에 환영의 여자가 양해도 없이 미끄러져 들어온 것이다. 환영은 살금살금 방 안으로 들어온다. 선녀가 파도 위를 건너는 것처럼 다다미 위에는 사람의 발소리 같은 것도 나지 않는다. 감은 눈 안에서 보는 세상이라 확실히 알 수는 없지만, 살갗은 하얗고 머리는 짙으며 목덜미가 긴 여자다. 요즘 유행하는 바림 사진을 등불에 비쳐 보는 것 같다.

환영은 벽장 앞에서 멈춘다. 벽장이 열린다. 소매를 미끄러지는 하얀 팔이 어둠 속에 희미하게 보인다. 벽장이 다시 닫힌다. 다다미의 파도가 저절로 환영을 돌려보낸다. 입구의 장지문이 저절로 닫힌다. 나의 잠은 차츰 깊어진다. 사람이 죽어 소나 말로 환생하기 전의 상태가 이럴 것이다.

언제까지 사람과 말 사이에서 자고 있었는지 나는 모른다. 귓가에 킥킥 하는 여자의 웃음소리가 들리는가 싶더니 잠에서 깨어났다. 내다보니 밤의 장막은 이미 걷혔고 천지는 구석구석까지 환하다. 화창한 봄볕이 둥근 대나무 격자창을 검게 물들인 모습을 보니, 세상에 신기하다는 것이 숨을 여지는 없는 것 같다. 신비는 십만억토(十萬億土)[16]로 돌아가 삼도천(三途川)[17] 너머로 건너갔을 것이다.

16 이승에서 정토에 이르는 불토의 총칭. 극락정토.

유카타만 걸치고 욕탕으로 내려가 5분쯤 멍하니 욕조 안에서 얼굴만 내밀고 있었다. 씻을 생각도 나갈 생각도 들지 않는다. 무엇보다 어젯밤에는 왜 그런 마음이 들었을까. 낮과 밤을 경계로 천지가 이렇게 뒤집히는 것은 이상하다.

몸을 닦는 것조차 귀찮아 적당히 훔치고는 젖은 채로 나와 욕탕 문을 열었을 때 또 놀라고 말았다.

"안녕하세요? 어젯밤에는 편안히 주무셨어요?"

문을 여는 동시에 말소리가 들려왔다. 사람이 있으리라고는 전혀 예상하지 못한 상태에서 갑자기 받은 인사라 제대로 된 대답이 나올 여유도 없다.

"자, 입으세요."

뒤로 돌아가 살짝 내 등에 부드러운 옷을 걸쳐주었다.

"이거 참, 고맙습니다."

간신히 이렇게만 말하고서 돌아보자마자 여자는 두세 걸음 물러났다.

옛날부터 소설가는 반드시 주인공의 용모를 있는 힘을 다해 묘사한다는 것이 일반적인 통념이다. 동서고금의 말에서 가인(佳人)의 품평에 쓰인 말을 열거한다면 대장경과 그 양을 다툴지도 모른다. 난감할 만큼 많은 이 형용사 중에서 나와 세 걸음 사이에 서 있는, 몸을 비스듬히 꼰 채 경악하고 당황해하는 나를 고소해하며 곁눈질로 바라보고 있는 여자를 가장 적절하게 표현할 만한 용어를 골라낸다면 그 수가 얼마나 될지 모른다. 하지만 태어난 지 30여 년이 된 오늘에 이르기까지 일찍이 이런 표정을 본 적이 없다. 미술가의 평에 따르면, 그리스

17 사람이 죽은 뒤 7일째에 저승으로 가는 도중에 건넌다는 큰 내.

조각의 이상은 단정(端整)이라는 두 글자로 귀착된다고 한다. 단정이란 인간의 활력이 움직이려 하면서도 아직 움직이지 않은 모습이라고 생각한다. 움직이면 어떻게 변화할지, 풍운인지 심한 우레인지 분간할 수 없는 데서 은은하게 여운이 남기 때문에 함축의 정취를 후세에 전할 수 있는 것이다. 세상의 수많은 존엄과 위엄이란 이 고요한 가능성 이면에 숨어 있다. 움직이면 나타난다. 나타나면 하나인지 둘인지 셋인지 반드시 결말이 난다. 하나도 둘도 셋도 분명 특수한 능력임에는 틀림없겠지만, 이미 하나가 되고 둘이 되고 셋이 된 날에는 타니대수(拖泥帶水)의 누(陋)[18]를 유감없이 보여주어 원래의 원만한 모습으로 돌아갈 수는 없다. 그러므로 동(動)이라는 이름이 붙은 것은 반드시 천박하다. 운케이의 인오[19]도, 호쿠사이[20]의 삽화도 바로 동이라는 이 한 글자로 실패했다. 동인가 정(靜)인가. 이것이 우리들 화공의 운명을 지배하는 대문제다. 예로부터 미인의 형용도 대개 이 양대 범주 중 하나에 집어넣을 수 있을 것이다.

그런데 이 여자의 표정을 보고 나는 어느 쪽인지 판단할 수 없어 망설였다. 입은 한일자처럼 다물어 고요하다. 눈은 조금의 틈이라도 찾아내려고 움직이고 있다. 얼굴은 아랫볼이 볼록한 미인형으로 차분함을 보여주는 데 반해 이마는 답답하고 좀스러워 이른바 후지 산 모양 이마의 속된 분위기를 띠고 있다. 그뿐 아니라 눈썹은 양쪽에서 좁혀져 중간에 몇 방울의 박하기름을 떨어뜨린 것처럼 실룩실룩 안달하고

18 흙탕물을 뒤집어쓴 것 같은 보기 흉한 모습.

19 운케이(運慶, ?~1224). 헤이안 시대 말기, 가마쿠라 시대 초기에 활약한 불사(佛師). 인오는 그의 작품인 인오상(仁王像)을 말한다.

20 가쓰시카 호쿠사이(葛飾北齋, 1760~1849). 일본의 우키요에(浮世繪) 화파에 속한 화가이자 판화가.

있다. 코만은 경박하게 날카롭지도 않고 둔하게 둥글지도 않다. 그림으로 그리면 아름다울 것이다. 이렇게 각각의 생김새가 모두 특이한 모양인데 그것들이 뒤섞여 우르르 내 두 눈으로 날아들었으니 어리둥절한 것도 무리는 아니다.

원래는 정(靜)해야 할 대지 한 귀퉁이에 결함이 생겨 전체가 엉겁결에 움직였지만, 움직이는 것이 본래의 성질에 배치됨을 깨닫고 애써 옛날 모습으로 돌아가려고 했는데, 평형을 잃어버린 기세에 눌려 마음에도 없이 계속 움직여온 지금에 와서는 자포자기하는 심정이 되어 억지로라도 움직여 보이려는 듯한 모습, 만약 그런 모습이 있다면 바로 이 여자를 형용할 수 있을 것이다.

그렇기에 경멸 속에 어쩐지 사람에게 매달리고 싶어 하는 모습이 보인다. 사람을 무시하는 모습 뒤로 조심성 많은 분별이 희미하게 엿보인다. 재주껏 분발한다면 백 명의 남자도 대수롭지 않게 여기는 기세 아래 얌전한 정이 무의식적으로 솟아난다. 아무리 봐도 표정에 일치된 것이 없다. 깨달음과 망설임이 한 집 안에서 싸움을 하며 동거하는 모습이다. 이 여자의 얼굴에서 통일성을 느끼지 못하는 것은 마음에 통일성이 없는 증거이고, 마음에 통일성이 없는 것은 이 여자의 세계에 통일성이 없기 때문일 것이다. 불행에 짓눌리면서도 그 불행을 극복해보려는 얼굴이다. 불행한 여자임에 틀림없다.

"고맙습니다."

거듭 이렇게 말하며 살짝 목례를 했다.

"호호호호, 방은 청소해두었습니다. 가서 보세요. 그럼 나중에."

이렇게 말하자마자 휙 허리를 틀어 가볍게 복도를 뛰어갔다. 머리는 이초가에시[21]로 하고 있다. 하얀 옷깃이 뒷머리 아래로 들여다보인

다. 검정 공단 오비[22]는 한쪽뿐일 것이다.[23]

21 여성의 머리 모양 가운데 하나로, 뒤통수에서 묶은 머리를 좌우로 갈라 반달 모양으로 둥글려서 은행잎 모양으로 틀어 붙인 것이다. 에도 말기에서 메이지, 다이쇼 시대에 걸쳐 유행했다.

22 기모노 위에 매는 띠를 말한다.

23 오비의 한쪽 면은 검정 공단이고 다른 면은 하얀 천이라는 뜻이다.

## 4

멍하니 방으로 돌아가 보니 아니나 다를까 깨끗하게 청소가 되어 있다. 어쩐지 마음에 걸려 확인하기 위해 벽장을 열어본다. 아래쪽에 작은 옷장이 보인다. 위에서부터 화려하게 채색된 오비가 반쯤 드리워져 있는 것은, 누군가 옷이라도 꺼내고 서둘러 나간 것으로 해석할 수 있다. 오비의 윗부분은 우아한 의상에 가려 보이지 않는다. 한쪽에는 몇 권의 책이 자리를 차지하고 있다. 맨 위에 하쿠인 화상[1]의 『오라테가마(遠良天釜)』[2]와 『이세모노가타리(伊勢物語)』[3] 한 권이 꽂혀 있다. 어젯밤의 환영은 사실인지도 모르겠다고 생각했다.

아무 생각 없이 방석 위에 앉아 보니, 당목으로 만든 책상 위에 내 사생첩이 연필이 끼워진 채로 마치 소중한 부분인 듯 펼쳐져 있다. 꿈속에서 붓 가는 대로 써내려간 하이쿠를 아침에 보면 어떤 느낌일까

1 하쿠인 에카쿠(白隱慧鶴, 1686~1769). 에도 중기의 선승.

2 하쿠인의 설화집.

3 헤이안 시대 중기 와카(和歌)를 중심으로 짧은 이야기들을 모아 만든 설화집인 우타모노가타리(歌物語)의 대표적 작품이다. 작자와 연대는 미상이다.

싶어 손에 든다.

"해당화에 맺힌 이슬을 떨어뜨리네, 미치광이"라는 하이쿠 밑에 누군가 "해당화에 맺힌 이슬을 떨어뜨리네, 아침 까마귀"라고 적어놓았다. 연필이라 서체는 확실히 모르겠지만 여자치고는 너무 딱딱하고 남자치고는 너무 부드럽다. 이런, 하고 다시 놀란다. 다음을 보니 "꽃 그림자, 몽롱한 여자 그림자인가"라는 하이쿠 밑에 "꽃 그림자, 겹쳐진 여자 그림자인가"라고 적혀 있다. "정일품, 여자로 변신했나 으스름달"이라는 하이쿠 밑에는 "도련님, 여자로 변신했나 으스름달"이라고 되어 있다. 흉내를 낼 생각이었을까, 첨삭을 할 생각이었을까, 풍류를 나눈 건가, 바보인가, 바보 취급을 한 건가, 나는 무심코 고개를 갸웃했다.

"그럼 나중에"라고 했으니 머지않아 식사 때라도 나타날지 모른다. 나타나면 어찌 된 일인지 조금은 알 수 있을 것이다. 그런데 몇 시나 되었나, 하고 시계를 보니 벌써 11시가 지났다. 푹 잔 것이다. 그렇다면 점심만으로 때우는 것이 속에는 좋을 것이다.

오른쪽 장지문을 열고 어젯밤에 본 것은 어디쯤일까, 하고 바라본다. 해당화라고 생각한 것은 정말 해당화였지만, 뜰은 생각했던 것보다 좁다. 대여섯 개의 징검돌은 온통 이끼가 끼어 있어 맨발로 밟으면 자못 기분이 좋을 것 같다. 왼쪽은 산으로 이어지는 벼랑에 적송이 바위 사이에서 뜰 위로 비스듬하게 드리워져 있다. 해당화 뒤로는 자그마한 숲이 있고, 그 안쪽에는 30미터쯤 되는 높이의 큰 대숲이 봄볕에 푸른빛을 드러내고 있다. 오른쪽은 용마루에 가려 보이지 않지만, 지세로 미루어보면 욕탕 쪽으로 길게 뻗어 내리고 있음에 틀림없다.

산이 끝나면 언덕이 되고, 언덕이 끝나면 폭이 3백 미터쯤 되는 평지가 되고, 평지가 끝나면 바다 속으로 기어들어가 70여 킬로미터 건너편으로 가서 다시 높이 솟아나 24킬로미터 둘레의 섬 마야지마가 된다. 이것이 나코이의 지세다. 온천장은 벼랑과 인접한 언덕 기슭에 바짝 붙어 있어 절벽의 경관을 반쯤 정원으로 삼고 있는지라 앞에서 보면 2층이어도 뒤에서 보면 단층이다. 툇마루에서 발을 내려뜨리면 발뒤꿈치가 바로 이끼에 닿는다. 그 때문에 어젯밤에는 사다리 모양의 계단을 마구 오르락내리락하는 이상한 구조의 집이라고 생각했던 것이다.

이번에는 왼쪽 창문을 연다. 자연스럽게 움푹 팬 다다미 두 장 크기의 바위에 어느 결에 봄물이 고여 조용히 산벚나무 그림자를 적시고 있다. 두세 그루의 얼룩조릿대가 바위 귀퉁이를 꾸미고 있다. 그 너머에는 구기자나무로 보이는 산울타리가 있고, 그 바깥은 해변에서 언덕으로 오르는 험한 산길이 있는지 이따금 사람 소리가 들린다. 길 건너편에는 남쪽으로 완만하게 경사진 곳에 귤나무가 심어져 있고, 계곡이 끝나는 곳에 또 커다란 대숲이 하얗게 빛난다. 댓잎이 멀리서 보면 하얗게 빛난다는 것을 이때 처음 알았다. 대숲 위는 소나무가 많은 산이고, 붉은 줄기 사이로 대여섯 단의 돌층계가 손에 잡힐 듯이 보인다. 아마 절일 것이다.

입구의 미닫이를 열고 툇마루로 나가보니 난간이 네모나게 휘어져 있는데, 방향으로 보면 바다가 보일 만한 곳에 안뜰을 사이에 두고 한 길에 면한 2층에 방 하나가 있다. 내가 거처하는 방도 난간에 기대면 역시 같은 높이의 2층이라는 것이 흥미를 불러일으킨다. 욕조는 땅속에 있는 셈이니 그 안에서 보면 나는 3층에서 자고 일어난 셈이다.

집은 꽤 넓지만 맞은편 2층의 방 하나와 내가 난간을 따라 오른쪽으로 꺾은 곳에 있는 방 하나 말고는, 거실이나 주방을 빼고 객실이라고 부를 만한 방은 대체로 굳게 닫혀 있다. 손님은 나를 제외하면 거의 없는 것 같다. 닫혀 있는 방은 낮에도 덧문을 열지 않고, 일단 열어 놓은 문은 밤에도 닫지 않는 것 같다. 이래서야 문단속이나 제대로 하는지 모르겠다. 비인정의 여행에는 안성맞춤인 곳이다.

12시 가까이 되었지만 밥을 줄 기미는 전혀 보이지 않는다. 슬슬 공복을 느끼기 시작했는데, 공산불견인(空山不見人)[4]이라는 시구 안에 있다고 생각하면 한 끼 식사쯤 건너뛴다고 유감은 없다. 그림을 그리는 것도 귀찮다. 하이쿠는 짓지 않아도 이미 하이쿠 삼매경에 들어가 있으니 짓는 것이 오히려 촌스럽다. 읽으려고 삼각의자에 동여매 가져온 두세 권의 책도 꺼낼 마음이 일지 않는다. 이렇게 따사로운 봄볕에 등을 쬐며 툇마루에서 꽃 그림자와 함께 나뒹구는 것이 천하의 제일가는 즐거움이다. 생각하면 사도(邪道)에 떨어진다. 움직이면 위험하다. 할 수만 있다면 코로 숨도 쉬고 싶지 않다. 다다미에 뿌리를 내린 식물처럼 가만히 2주일만 지내보고 싶다.

얼마 후 복도에서 발소리가 들리더니 누군가 아래에서 올라온다. 다가오는 발소리를 듣고 있으니 두 사람 같다. 방 앞에서 멈추는가 싶더니 한 사람은 아무 말도 하지 않고 다시 돌아간다. 미닫이가 열렸기에 오늘 아침의 그 사람인가 했는데 역시 어젯밤의 하녀다. 왠지 서운하다.

"늦었습니다."

이렇게 말하고 상을 내려놓는다. 아침식사 빼먹은 것에 대해서는 일언반구도 없다. 구운 생선에 푸성귀를 곁들였는데 국그릇 뚜껑을

4 왕유(王維)의 시구로, '텅 빈 산에 사람은 보이지 않는다'는 뜻이다.

열어보니 햇고사리 안에 홍백으로 물든 새우가 가라앉아 있다. 아아, 빛깔 곱다, 하고 생각하며 그릇 안을 들여다보고 있었다.

"싫어하세요?"

하녀가 묻는다.

"아니, 이제 먹지."

이렇게 말은 했지만 사실 먹어버리기엔 아깝다는 생각이 들었다. 어느 만찬 자리에서 터너가 접시에 담긴 샐러드를 보며, 시원한 색이다, 이게 내가 쓰는 색이다, 라고 옆 사람에게 말했다는 일화를 어떤 책에서 읽은 적이 있는데, 이 새우와 고사리의 빛깔을 터너에게 좀 보여주고 싶다. 대체로 서양의 식물 가운데 빛깔이 고운 것은 하나도 없다. 있다면 샐러드와 홍당무 정도다. 영양가로 보면 어떨지 모르지만, 화가의 입장에서 보면 어지간히 발달하지 못한 요리다. 거기에 비하면 일본의 메뉴는 국이든 차 마실 때 내놓는 과자든 생선회든 아주 곱다. 일본의 정식 요리를 앞에 두고 젓가락 하나 대지 않고 바라만 보다가 와도 눈요기를 했다는 점에서는 음식점에 간 보람이 충분하다.

"이 집에 젊은 여자가 있지?"

국그릇을 놓으며 물었다.

"네."

"그 사람은 누구지?"

"새아씨입니다."

"그 사람 말고 나이 든 부인이 있나?"

"작년에 돌아가셨습니다."

"주인장은?"

"계십니다. 주인어른의 따님입니다."

"그 젊은 사람이 말인가?"

"네."

"손님은 있나?"

"없습니다."

"나 혼자란 말인가?"

"네."

"젊은 부인은 매일 뭘 하고 있나?"

"바느질을……"

"그리고?"

"샤미센[5]을 탑니다."

이건 의외였다. 재미있어서 다시 물어봤다.

"그리고?"

"절에 가십니다."

하녀가 말한다.

이 또한 뜻밖이다. 절과 샤미센은 묘하다.

"불공을 드리러 가는 건가?"

"아니요, 스님을 찾아가십니다."

"스님한테 샤미센이라도 배우는 건가?"

"아니요."

"그럼 뭘 하러 가는 건데?"

"다이테쓰 님께 갑니다."

아하, 다이테쓰라는 사람은 저 족자의 글씨를 쓴 남자일 것이다. 잘

5 일본의 대표적인 현악기로 산겐(三絃)이라고도 한다. 네 개의 상자를 합친 통에 긴 지판(指板)을 달고 그 위에 비단실로 꼰 세 줄을 연결한 악기다.

은 모르겠지만 그 문구로 보건대 선승인 모양이다. 벽장에 있던 『오라테가마』는 바로 그 여자의 책일 것이다.

"이 방은 평소에 누가 쓰던 방이지?"

"평소에는 새아씨가 쓰십니다."

"그럼 어젯밤에 내가 올 때까지 여기 있었겠네."

"네."

"그거 참 딱하게 되었구나. 그래, 다이테쓰라는 사람한테는 뭘 하러 가는 거지?"

"모르겠습니다."

"그리고?"

"무슨 말씀이세요?"

"그리고 또 무슨 다른 일을 하지?"

"그리고 이것저것……"

"이것저것이라니, 무슨 일?"

"모릅니다."

대화는 여기서 끊어진다. 겨우 밥을 다 먹었다. 상을 물릴 때 하녀가 입구의 미닫이를 열자 안뜰의 나무들 너머로 건너편 2층 난간에 이초가에시 머리를 한 여자가 턱을 받치고 개화한 양류관음(楊柳觀音)[6]처럼 아래를 내려다보고 있다. 오늘 아침과는 반대로 무척 조용한 모습이다. 고개를 숙이고 눈동자의 움직임이 이쪽으로 향하지 않아 표정에 그만큼의 변화를 가져온 것일까. 옛날 사람은 사람이 가진 것 중에 눈동자보다 좋은 것이 없다고 했다[7]는데, 과연 어찌 감출 수

6 33관세음보살 가운데 하나. 버들가지를 손에 들고 사람들의 소원을 들어준다는 관세음보살.
7 『중용』에 나오는 말.

있으랴.[8] 인간이 지닌 것 중에서 눈만큼 살아 있는 것은 없다. 쓸쓸하게 기댄 아(亞) 자 난간 아래서 나비 두 마리가 붙었다 떨어졌다 하며 날아오른다. 그 순간 내 방의 미닫이가 열렸다. 미닫이 소리에 여자는 돌연 나비에게서 나에게 눈길을 옮겼다. 시선은 독화살처럼 공기를 뚫고 사정없이 내 미간에 꽂힌다. 화들짝 놀라는 사이에 하녀가 또 미닫이를 닫았다. 그 뒤로는 지극히 한가한 봄이다.

나는 다시 아무렇게나 드러누웠다. 홀연 마음에 떠오른 것은 다음과 같은 구절이었다.

Sadder than is the moon's lost light,
Lost ere the kindling of dawn,
To travellers journeying on,
The shutting of thy fair face from my sight.
여행을 계속하는 나에게
동이 트기 전에 달빛이 사라지는 것도 슬픈 일이지만,
당신의 아름다운 얼굴이 내 앞에서 사라지는 것은
더욱 슬픈 일이다.

만약 내가 그 이초가에서 머리를 한 여자를 연모하여 몸이 부서지더라도 만나야겠다고 생각하던 참에, 지금처럼 언뜻 한 번 보고 헤어지는 것에 기겁하고 놀라며 기쁘면서도 분하다고 생각했다면, 나는 반드시 그 의미를 이런 시로 지었을 것이다. 게다가 다음 두 행까지 덧붙였을지도 모른다.

8 『논어』에 나오는 말.

Might I look on thee in death,

With bliss I would yield my breath.

만약 죽어서라도 당신을 볼 수 있다면,

나는 기꺼이 이 목숨을 끊을 것이다.

다행히 흔해빠진 연정이나 애정의 단계는 이미 지나버려 그런 고통은 느끼고 싶어도 느낄 수 없다. 하지만 지금 이 순간 일어난 사건의 시적 정취는 이 대여섯 행에 넉넉히 나타나 있다. 나와 이초가에시 사이에 이런 간절한 마음은 없더라도 지금 두 사람의 관계를 이 시에 적용해보는 것은 재미있다. 어쩌면 이 시의 의미를 우리의 신상에 끌어들여 해석해도 유쾌할 것이다. 우리 두 사람 사이는, 이 시에 나타난 처지의 일부분이 사실이 되어 어떤 운명의 가는 실로 동여매여 있다. 운명도 실이 이 정도로 가늘면 마음의 부담도 되지 않는다. 게다가 단순한 실이 아니다. 하늘을 가로지르는 무지개의 실, 들판에 길게 뻗쳐 있는 안개의 실, 이슬에 반짝이는 거미줄이다. 끊으려고 하면 금방 끊을 수 있으며, 보고 있는 동안에는 굉장히 아름답다. 만약 이 실이 순식간에 두꺼워져 두레박줄처럼 단단해진다면? 그럴 위험은 없다. 나는 화공(畵工)이다. 저 여자는 보통 여자와 다르다.

갑자기 미닫이가 열렸다. 몸을 뒤쳐 입구를 보니 운명의 상대인 이초가에시가 문지방 위에 서서 청자 사발을 쟁반에 올린 채 우두커니 서 있다.

"또 누워 계시는 건가요? 어젯밤에는 귀찮으셨죠? 몇 번이나 방해를 해서, 호호호호."

겁을 먹은 기색도, 감출 기색도, 물론 부끄러워하는 기색도 없다. 그저 내가 선수를 빼앗겼을 뿐이다.

"오늘 아침엔 고마웠소."

다시 사의를 표했다. 생각해보니 단젠[9]을 입혀줘 고맙다는 인사를 이것으로 세 번이나 한 셈이다. 게다가 세 번이지만 오로지 고맙다는 말뿐이었다.

여자는 내가 일어나려 하자 재빨리 머리맡에 앉더니 자못 살갑게 말한다.

"어머, 그냥 누워 계세요. 누워 있어도 얘기는 할 수 있으니까요."

나는 정말 그렇겠다 싶어 일단 엎드려서 두 손으로 턱을 괴고 잠시 다다미 위에 팔뚝을 기둥처럼 세운다.

"적적하실 것 같아서 차를 끓여왔습니다."

"고맙소."

또 고맙다는 말이 나왔다. 과자 접시를 들여다보니 근사한 양갱이 담겨 있다. 나는 모든 과자 중에서 양갱을 가장 좋아한다. 별로 먹고 싶지는 않지만 그 표면이 매끈하고 치밀한 데다 반투명하게 빛을 받는 모습은 아무리 봐도 하나의 예술품이다. 특히 파란 빛을 띠게 이겨서 훌륭하게 다듬은 것은 옥과 납석의 잡종 같아 아무리 봐도 기분이 상쾌하다. 그뿐 아니라 청자 접시에 담긴 파란 양갱은 청자 안에서 지금 바로 생겨난 것처럼 반들반들해서 나도 모르게 손을 뻗어 만져보고 싶다. 서양 과자 중에서 이토록 쾌감을 주는 것은 하나도 없다. 크림의 빛깔은 약간 부드럽기는 해도 다소 답답하다. 젤리는 언뜻 보석처럼 보이지만 부들부들 떨고 있어 양갱만큼의 무게감이 없다. 백설탕과 우유로 오층탑을 세우는 짓은 언어도단이다.

9 솜을 두껍게 넣은 방한용 실내복.

"음, 꽤 훌륭하군요."

"방금 겐베가 사왔습니다. 이거라면 당신도 드실 수 있겠지요?"

겐베는 어젯밤 성안에서 묵은 모양이다. 나는 가타부타 대답도 하지 않고 양갱을 보고 있었다. 어디서 누가 사온 거든 상관할 바 아니다. 그저 아름답기만 하면, 아름답다고 생각하는 것만으로 충분히 만족한다.

"이 청자의 모양이 참 좋소. 빛깔도 훌륭하고. 양갱에 비해도 거의 손색이 없는 것 같소."

여자는 흐흥, 하고 웃었다. 입가에 희미하게 비웃음의 파도가 일었다. 내 말을 신소리라 여겼을 것이다. 신소리라면 분명히 경멸당할 만하다. 지혜가 부족한 남자가 억지로 신소리를 하려 할 때 흔히 이런 소리를 하는 법이다.

"이건 중국 건가요?"

"뭐가요?"

상대에게는 청자가 안중에도 없다.

"아무래도 중국 것 같은데."

접시를 들어 밑바닥을 살펴봤다.

"그런 걸 좋아하시면 보여드릴까요?"

"네, 보여주세요."

"아버지가 골동품을 좋아하셔서 꽤 여러 가지가 있거든요. 아버지께 말씀드릴 테니 언제 같이 차라도 하시지요?"

차라는 말을 듣고 살짝 물러났다. 세상에 다도를 즐기는 사람만큼 거드름을 피우는 풍류인도 없다. 넓은 시세계를 짐짓 꾸며낸 티를 내며 답답하게 경계를 정하고, 극히 자존적으로, 극히 야단스럽게, 극히 좀

스럽게, 필요도 없는데도 굽실거리며 거품을 물고 만족스러워하는 것이 이른바 다도를 즐기는 사람들이다. 그렇게 번거로운 규칙에 고상한 맛이 있다면 아자부의 연대[10]는 고상한 맛으로 코를 찌를 것이다. 우향우, 앞으로 가, 하는 사람들은 모두 다도를 대단히 좋아하는 사람이어야 한다. 장사꾼이나 상인들처럼 취미 교육을 전혀 받지 못한 사람들이 어떻게 하는 것이 풍류인지 알 수가 없기 때문에 기계적으로 리큐[11] 이후의 규칙을 그대로 받아들여, 이렇게 하면 풍류겠지, 하며 오히려 진짜 풍류인을 바보로 만드는 재주가 바로 다도다.

"그 차라는 건 격식을 갖춘 차를 말하는지요?"

"아니요, 격식이고 뭐고 없어요. 싫으시면 마시지 않아도 되는 차예요."

"그런 거라면 뭐 마셔도 좋습니다."

"호호호호. 아버지는 남한테 물건 보여주는 걸 아주 좋아하시니까요."

"꼭 칭찬해주어야 하나요?"

"늙은이라서 칭찬해주면 기뻐하시지요."

"아, 그렇군요. 그럼 살짝 칭찬해드리지요."

"봐준다 생각하시고 많이 칭찬해주세요."

"하하하하, 그런데 당신 말엔 시골티가 전혀 없네요."

"사람은 시골 사람이 좋은가요?"

"시골 사람이 낫지요."

10 1900년대 초 도쿄 아자부에 육군 제1사단 제3연대가 주둔해 있었다.

11 센 리큐(千利休, 1522~1591). 일본 전국시대 다도(茶道)의 완성자로, 일본의 다도를 정립한 것으로 평가되고 있다.

"그럼 말이 되는군요."

"하지만 도쿄에 있었던 적이 있죠?"

"네, 있어요. 교토에도 있었어요. 방랑벽이 있어서 여기저기에 있었거든요."

"이곳과 도시 중에서 어디가 좋습니까?"

"같죠, 뭐."

"이렇게 조용한 데가 오히려 마음 편하지요?"

"마음 편한 것도 불편한 것도, 세상일이라는 게 다 마음먹기 달린 거 아닌가요? 벼룩 나라가 싫어졌다고 모기 나라로 가봐야 별수 없겠지요."

"벼룩도 모기도 없는 나라로 가면 되지 않나요?"

"그런 나라가 있다면 어디 한 번 보여주세요. 보여줘봐요."

여자는 바싹 다가선다.

"원한다면 보여드리죠."

예의 그 사생첩을 들고, 여자가 말을 타고 산벚나무를 보고 있는 마음, 물론 척척 그린 거라 그림이라고는 할 수 없지만, 그 기분만 쓱쓱 그려 넣어 코앞에 들이밀었다.

"자, 이 안으로 들어가세요. 벼룩도 모기도 없습니다."

놀랄지, 부끄러워할지, 이런 상황이라면 더 이상 괴로워할 일은 없을 거라고 생각하고 잠깐 기색을 살폈다.

"어머, 답답한 세계로군요. 가로 폭뿐이잖아요? 그런데 이런 곳을 좋아하세요? 마치 게 같네요."

이렇게 말하고 물러났다.

"하하하하하."

나는 웃는다. 처마 끝 가까이에서 울기 시작한 휘파람새가 도중에 울음을 그치고 먼 가지 쪽으로 옮겨 간다. 우리 두 사람은 일부러 대화를 멈추고 잠시 귀를 기울였는데, 일단 울다 만 목청은 쉬이 트이지 않는다.

"어제는 산에서 겐베를 만나셨지요?"

"네."

"나가라 처자의 오륜탑을 보고 오셨나요?"

"네."

"가을이 되면 그대도 억새꽃에 맺힌 이슬처럼 덧없이 사라져버릴 것만 같습니다."

여자는 설명도 없이 가락도 붙이지 않고 가사만 술술 읊었다. 무엇 때문인지 알 수 없다.

"그 노래는 찻집에서 들었습니다."

"할멈이 가르쳐주었나요? 그 할멈은 원래 우리 집에서 일했어요. 제가 시집가기……"

말을 하다가 말고 아차, 하는 표정으로 내 얼굴을 봤으나 나는 모른 척하고 있었다.

"아직 젊었을 때였는데 그 할멈이 올 때마다 제가 나가라 얘기를 해주었지요. 노래만은 좀처럼 외우지 못하더니 하도 여러 번 들어서인지 결국 다 암송하고 말더군요."

"어쩐지 참 어려운 걸 다 알고 있구나, 했습니다. 그런데 그 노래는 슬픈 노래더군요."

"슬픈가요? 저라면 그런 노래는 안 부르겠어요. 무엇보다 강물에 몸을 던지다니 너무 시시하잖아요."

"아하, 시시한 거군요. 당신이라면 어떻게 하시겠습니까?"

"어떻게 하다니요, 간단하잖아요. 사사다오토코와 사사베오토코 모두 서방으로 거느리는 거죠."

"둘 다 말입니까?"

"네."

"대단하네요."

"대단한 게 아니에요, 당연한 거죠."

"아하, 그렇다면 모기 나라로도 벼룩 나라로도 가지 않아도 되는 거군요."

"게 같은 생각을 하지 않아도 살아갈 수 있지요."

호오 호케꼬 케꼬, 하고 잊고 있던 휘파람새가 언제 다시 기운을 차렸는지 갑자기 뜻밖의 높은 소리로 울어댔다. 한 번 목청을 가다듬으면 그 뒤로는 저절로 나오는 모양이다. 몸을 뒤로 젖히고 볼록한 목젖을 떨면서 조그만 입이 찢어져라 호오, 호케꼬, 케꼬, 하고 계속 울어댄다.

"저게 진짜 노랩니다."

여자가 나에게 가르쳐주었다.

# 5

"실례지만 손님께서는 역시 도쿄에서 오셨지요?"

"도쿄 사람으로 보이나요?"

"보이냐니요, 한 번 보면 척이죠. 무엇보다 말로 알 수 있지요."

"도쿄 어딘지도 알 수 있소?"

"글쎄요. 도쿄는 엄청 넓으니까요. 잘은 모르지만 시타마치는 아닌 것 같네요. 야마노테[1]겠네요. 야마노테의 고지마치 아닌가요? 네? 그럼 고이시카와? 그도 아니라면 우시고메나 요쓰야죠?"

"뭐 그 부근이겠지요. 잘 아시네요."

"이래 봬도 저도 에도 토박이니까요."

"어쩐지 협기가 있다고 생각했소."

"에헤헤헤, 무슨 말씀을. 정말, 사람도 이런 처지가 되면 비참하죠."

1 도쿄에서 시타마치(下町)는 에도 시대부터 상공업이 발달한 직인들의 거리로 주택지인 야마노테(山手)와 대비된다.

"무슨 일로 또 이런 시골까지 흘러들어온 거요?"

"맞아요, 손님 말씀 그대롭니다. 정말 흘러들어왔으니까요. 완전히 밥줄이 끊어져서요……"

"원래부터 이발소 주인이었소?"

"주인이긴요, 종업원이었죠. 네? 어디 있었냐고요? 간다마쓰나가초였지요. 뭐 코딱지만 한 작고 지저분한 동네였지요. 손님께서는 모르실 겁니다. 그곳에 류칸바시라는 다리가 있잖아요. 예? 그것도 모르시나 보군요? 류칸바시는 그래도 유명한 다린데요."

"이봐요, 비누 좀 더 칠해주시오, 아파서 안 되겠소."

"아프세요? 전 성질이 급해놔서, 아무래도 이렇게 거꾸로 면도할 때는 수염 구멍 하나하나를 파지 않으면 개운하지가 않거든요. 뭐 요즘 종업원들은 미는 게 아니라 어루만지는 거지요. 조금만 더 참으세요."

"참기는 아까부터 꽤 많이 참았소. 부탁이니 더운 물이나 비누칠을 좀 더 해주시오."

"더 참을 수 없나 보죠? 그렇게 아프지는 않을 텐데. 원체 수염이 너무 많이 자랐어요."

마구 볼 살을 집어 올리던 손을 아쉽다는 듯 뗀 주인은 선반 위에서 얄팍한 붉은 비누를 꺼내 물속에 잠깐 담그는가 싶더니 일단 그대로 내 얼굴을 구석구석 문질러댔다. 비누를 그대로 얼굴에 문질러댄 적은 그다지 없다. 게다가 비누를 적신 물도 며칠 전에 길어와 담아놓은 것이라 생각하니 찜찜하다.

이왕 이발소에 들어온 이상 손님의 권리로 나는 거울을 마주하지 않으면 안 된다. 하지만 나는 아까부터 그 권리를 포기하고 싶어졌다.

거울이라는 물건은 평평하게 생겨먹어 사람의 얼굴을 원만하게 비춰주지 않으면 명분이 서지 않는다. 만약 이러한 성질을 갖추고 있지 않은 거울을 걸어두고 그것을 보라고 강요한다면, 강요하는 사람은 서툰 사진사와 마찬가지로 들여다보는 사람의 용모를 고의로 훼손했다고 말하지 않으면 안 된다. 허영심을 꺾는 것이 수양의 한 방편일지 모르지만, 일부러 원래 모습보다 못한 얼굴을 보여주고 이것이 당신이라며 모욕할 것까지는 없을 것이다. 지금 내가 어쩔 수 없이 꾹 참고 마주하고 있는 거울은 확실히 조금 전부터 나를 모욕하고 있다. 오른쪽을 보면 얼굴 전체가 코가 된다. 왼쪽을 내밀면 입이 귀밑까지 찢어진다. 올려다보면 두꺼비를 정면에서 보는 것처럼 아주 평평하게 찌부러지고, 살짝 허리를 굽히면 후쿠로쿠주(福祿壽)[2]가 점지해준 아이처럼 머리가 불룩하게 올라간다. 적어도 이 거울을 보는 동안에는 혼자 여러 가지 요괴를 겸하지 않으면 안 된다. 내 얼굴이 예술적으로 비치지 않는 것은 일단 참는다고 해도 거울의 구조나 색조, 은종이가 벗겨져 광선이 그대로 통과하는 상황을 종합해서 생각하면 이 거울 자체가 더없이 추물이다. 교양 없는 사람으로부터 욕을 얻어먹을 때 욕을 먹는 것 자체는 아무렇지 않지만, 그 교양 없는 사람 면전에서 일상생활을 해야 한다면 누구나 불쾌할 것이다.

게다가 이 주인은 보통 주인이 아니다. 밖에서 들여다봤을 때 책상다리를 하고 앉아 긴 담뱃대로 장난감 영일동맹[3] 깃발 위에 자꾸만 연기를 뿜어대며 자못 따분해하는 것 같았는데, 안으로 들어가 내 머리의 처치를 맡기는 단계가 되어서는 깜짝 놀랐다. 수염을 깎는 동안

2 칠복신(七福神) 중의 하나로, 키가 작고 머리와 수염이 길다. 행복과 부귀와 장수의 신이다.
3 1902년에 체결한 영국과 일본의 군사동맹.

에는 머리의 소유권이 완전히 주인의 수중에 있는 것인지, 아니면 얼마간은 나에게도 있는 것인지, 혼자 의심하기 시작했을 정도로 가차없이 취급된다. 설사 내 머리가 어깨 위에 못으로 박혀 있다고 해도 이래서는 오래 버티지 못할 것이다.

그는 문명의 법칙을 조금도 이해하지 못한 채로 면도칼을 휘두른다. 면도날이 볼에 닿을 때는 드드득 하는 소리가 났다. 귀밑털을 깎을 때는 두둥 하고 동맥이 울렸다. 턱 언저리에 면도날이 번뜩일 때는 버석버석 하고 서릿발을 밟는 것 같은 괴상한 소리가 났다. 그런데도 본인은 일본 최고의 이발사를 자처하고 있다.

마지막으로 그는 취해 있다. 손님, 하고 부를 때마다 이상한 냄새가 난다. 때로는 내 콧등에 야릇한 가스를 뿜어댄다. 이래서는 언제 어떻게 면도칼이 잘못되어 어디로 날아갈지 알 수 없다. 휘두르는 당사자조차 확실한 계획이 없는 이상 얼굴을 내맡긴 나로서는 추측할 도리가 없다. 사정을 알고 맡긴 얼굴이니 약간의 상처라면 불평은 하지 않을 생각이지만, 갑자기 마음이 변해 숨통이라도 끊지 말라는 법도 없다.

"비누 같은 걸 칠하고 깎는 건 솜씨가 미숙해서겠지만, 손님의 경우는 수염이 수염이니 만큼 어쩔 수 없지요."

이렇게 말하며 주인은 비누를 그대로 선반 위로 내던졌는데, 비누는 주인의 명령에 불복하고 바닥으로 굴러떨어졌다.

"손님은 별로 뵙지 못한 것 같은데, 거 뭡니까, 최근에 오셨습니까?"

"2, 3일 전에 왔소."

"아 그렇군요. 어디에 계십니까?"

"시호다에 묵고 있소만."

"아, 거기 손님이셨군요. 대강 그럴 거라고 짐작은 하고 있었습니다. 실은 저도 그 영감님을 믿고 왔거든요. 거 뭐냐, 그 영감님이 도쿄에 계실 때 제가 근처에 살았는데, 그래서 알게 되었지요. 좋은 분입니다. 탁 트인 분이고요. 작년에 마나님이 돌아가셔서 지금은 골동품만 만지작거리고 있는데, 잘은 모르겠지만 굉장한 것이 있답니다. 팔면 엄청난 돈이 될 거라고들 하고요."

"예쁜 따님이 있지 않소?"

"위험해요."

"뭐가 말이오?"

"뭐라니요? 손님 앞이라 뭐하지만, 그래 봬도 시집을 갔다가 돌아온 여잡니다."

"그런가요?"

"대수롭지 않게 여길 일이 아닙니다. 굳이 그렇게 돌아오지 않아도 되었거든요. 은행이 망해서 사치를 부리지 못하게 되었다고 나와버리다니, 사람이 할 도리가 아니지요. 영감님이 저렇게 살아 계시는 동안에는 괜찮겠지만 만약 무슨 일이라도 생기는 날엔 어떻게 할 도리가 없으니까요."

"그럴까요?"

"당연하지요. 본가의 오빠와는 사이가 좋지 않고요."

"본가가 있나요?"

"본가는 언덕 위에 있어요. 한번 놀러 가보세요. 경치가 좋은 곳이지요."

"이봐요, 비누를 한 번 더 칠해주지 않겠소? 또 아프기 시작하는군요."

"잘 아픈 수염이군요. 수염이 너무 뻣뻣해서 그래요. 손님의 수염은 사흘에 한 번은 꼭 깎아주어야 합니다. 제 면도기로도 아프다면, 어디를 간다고 해도 참을 수 없을 겁니다."

"앞으로는 그렇게 하리다. 뭐하면 매일 와도 좋고."

"그렇게 오래 묵을 생각이십니까? 위험하니 그만두세요. 득 될 게 없는 일입니다. 변변찮은 사람한테 걸려서 무슨 봉변을 당할지 모르니까요."

"그건 왜죠?"

"손님, 그 아가씨는 얼굴은 괜찮지만 사실 미쳤거든요."

"왜요?"

"왜라뇨, 손님? 마을 사람들이 다들 미친 여자라고 하는걸요."

"그거야 뭔가 잘못 알았겠지요."

"그렇지만 실제로 증거가 있으니까 그만두세요. 위험하다니까요."

"난 괜찮은데, 대체 어떤 증거가 있는 거요?"

"이상한 얘기예요. 뭐 천천히 담배라도 피우세요, 이야기할 테니까요. 머리 감겨드릴까요?"

"머리는 됐소."

"비듬만 털어드리지요."

주인은 때가 낀 열 개의 손톱을 사정없이 내 두개골 위에 올려놓고 양해도 없이 앞뒤로 맹렬한 운동을 시작했다. 그 손톱이 검은 머리의 뿌리 하나하나를 헤치며, 마치 거인의 갈퀴가 불모지대를 질풍 같은 속도로 지나는 것처럼 왕래한다. 내 머리에 몇 십만 올의 머리카락이 나 있는지는 모르겠지만, 머리카락이 모조리 뿌리째 뽑혀 남은 면 전체에 긁힌 자리가 지렁이처럼 길게 부어오른 데다 그 여세를 몰아 피부를 통해 뼈에서 골수까지 흔들릴 정도로 격렬하게 내 머리를 긁어 댔다.

“어떻습니까? 기분 좋지요?”

“굉장히 놀라운 솜씨요.”

“예, 이렇게 하면 누구나 개운해하니까요.”

“목이 빠질 것 같소.”

“그렇게 나른하세요? 전적으로 날씨 탓이지요. 아무래도 봄이란 놈은 몸을 아주 늘어지게 한다니까요. 자, 한 대 피우세요. 혼자 시호다 댁에 있으니 따분하시지요? 얘기나 하러 잠깐씩 나오세요. 아무래도 에도 토박이는 에도 토박이가 아니면 얘기가 잘 안 통하니까요. 거 뭔가요, 역시 그 아가씨가 시중을 들러 나오던가요? 정말 분별이라고는 전혀 없는 여자라 곤란하거든요.”

“그 아가씨가 어떻게 했다고 비듬이 날고 내 머리가 빠질 뻔한 거요?”

“맞아요, 정신이 없어서 통 이야기가 정리되지 않네요. 그런데 그 중이 반해서……”

“그 중이라니, 어떤 중 말이오?”

“간카이지(觀海寺)에서 사무를 보는 중이……”

“사무를 보는 중이든 주지든 중은 아직 한 사람도 나오지 않았소.”

“그런가요? 성질이 급해놔서 안 된다니까요. 옹골차고 야무지며 정부(情婦)가 생길 법한 중이었는데, 그놈이 그 아가씨, 그러니까 정부한테 빠져서 결국 편지를 보냈지요. 아, 잠깐만요. 말로 구애했던가. 아니, 편지야. 편지가 틀림없어. 그러자 이렇게, 어쩐지 얘기가 이상한 데로 흘러가는 것 같은데. 음. 그래, 역시 그렇구나. 그러자 그치가 깜짝 놀라서는……"

"누가 놀랐다는 거요?"

"여자지요."

"여자가 편지를 받고 놀랐다는 거요?"

"그런 일에 놀랄 만한 여자라면 그래도 귀여운 구석이 있겠지만, 놀랄 것까지도 없지요."

"그럼 누가 놀랐단 말이오?"

"말로 구애한 쪽이지요."

"말로 구애하지 않았다고 했잖소?"

"예, 아 이거 답답하네. 잘못됐어요. 편지를 받고서요."

"그럼 역시 여자로군요?"

"아니, 남자지요."

"남자라면 그 중 말이오?"

"예, 그 중이요."

"그런데 중은 왜 놀란 거요?"

"왜라뇨, 본당에서 스님과 경을 읽고 있는데 갑자기 그 여자가 뛰어 들어오더니 으흐흐흐. 아무리 봐도 미쳤다니까요."

"어떻게 되었는데요?"

"그렇게 귀엽다 생각하시면 부처님 앞에서 같이 자자, 하고 느닷없이 다이안 씨의 목에 매달렸다지 뭡니까."

"아 저런."

"다이안 씨도 당황했겠지요. 미친 여자한테 편지를 보냈다가 뜻하지 않은 창피를 당하고는 결국 그날 밤 몰래 도망쳐서는 죽어버려서……"

"죽었다고요?"

"죽었을 거라고 생각하는 거지요. 살아 있을 수 없으니까요."

"뭐라 말할 순 없겠지요."

"그렇지요, 상대가 미치광이라면 죽는다고 신통한 것도 아니니 어쩌면 살아 있을지도 모르겠네요."

"꽤 재미있는 이야기네요."

"재미있고 없고를 떠나 온 마을이 웃음바다였지요. 그런데 당사자만은 원래 미친 사람이니까 부끄러운 줄도 모르고 태연한 모양입니다. 뭐 손님처럼 견실한 사람이야 괜찮겠지만요. 상대가 상대이니 만큼 괜히 놀리거나 했다가는 큰 봉변을 당할 겁니다."

"좀 조심해야겠군요. 하하하하."

미지근한 해변에서 소금기가 있는 봄바람이 살랑살랑 불어와 이발소의 포렴을 졸린 듯이 펄럭인다. 몸을 비스듬히 하고 그 밑을 빠져나가는 제비의 모습이 날쌔게 거울 속으로 떨어진다. 건너편 집에서는 예순 살쯤 되어 보이는 할아범이 처마 밑에 쭈그리고 앉아 잠자코 조개를 까고 있다. 짤가닥 하고 작은 칼이 닿을 때마다 붉은 조갯살이 소쿠리 안으로 숨는다. 껍데기는 반짝하고 빛을 내며 60센티미터 남짓 되는 아지랑이를 가로질러 날아간다. 산더미같이 쌓인 조개껍데기는 굴인가 개량조개인가 긴맛조개인가. 허물어진 부분은 모래천 바닥으로 떨어지고 속세의 표면에서 어두운 나라로 매장된다. 매장된 뒤에는 바로 새로운 조개가 버드나무 밑에 쌓인다. 할아범은 조개의 행방을 생각할 겨를도 없이 그저 덧없는 껍데기를 아지랑이 위로 내던진다. 그의 소쿠리에는 떠받쳐야 할 밑이 없고 그의 봄날은 무진장 한가해 보인다.

모래천은 3미터 남짓의 조그만 다리 밑을 흘러 해변으로 봄물을 보낸다. 봄물이 봄 바다와 만나는 지점에는 들쭉날쭉 길게 말려놓은 그물이, 그물코를 빠져나가 마을로 불어가는 산들바람에 비린내 나는 온기를 계속해서 주고 있는 게 아닌가, 하고 의심된다. 그 틈으로 무딘 칼을 녹여 느긋하게 꿈틀거리게 한 것처럼 보이는 것이 바다 빛이다.

이 경치와 이 이발소 주인은 도저히 어울리지 않는다. 만약 이 주인의 인격이 강렬해서 사방의 풍광과 맞설 만큼의 영향을 내 두뇌에 주었다면, 나는 양자 사이에서 무척이나 어울리지 않는다는 느낌에 부닥쳤을 것이다. 다행히 주인은 그다지 위대한 호걸이 아니었다. 아무리 에도 토박이라도, 아무리 허세를 부리며 떠들어대도, 융화하여 온화해진 천지의 대기상(大氣象)을 당해내지는 못한다. 장광설을 늘어놓으며 어디까지나 이러한 상태를 깨려는 주인은, 일찌감치 한 줌의 먼지가 되어 즐거운 봄빛 속에 떠돌고 있다. 모순이란, 힘에서, 양에서 또는 의기나 체구에서 서로 상반되어 조화를 이룰 수 없으면서도 같은 정도에 위치하는 물건 또는 사람들 사이에서 비로소 발견할 수 있는 현상이다. 양자의 간격이 아주 클 때 이 모순은 점진적으로 줄어들어 소멸해서는, 오히려 큰 세력의 일부가 되어 활동하기에 이를지도 모른다. 대인(大人)의 수족이 되어 재사(才士)가 활동하고, 재사의 수하가 되어 어리석은 자가 활동하고, 어리석은 자의 심복이 되어 우마(牛馬)가 활동할 수 있는 것은 이 때문이다. 지금 이 주인은 한없는 봄의 경치를 배경으로 일종의 우스꽝스러운 짓을 하고 있다. 한가한 봄의 느낌을 깨뜨릴 것 같은 그는, 오히려 한가한 봄의 느낌을 애써 더해주고 있다. 나는 문득 음력 3월 중순에 한가한 야지[4]와 친해진 것 같은 기분이 들었다. 지극히 값싼 기염을 토하는 이 주인은 태평한 모습을 갖춘 봄날에 가장 조화를 이루는 한 채색이다.

이렇게 생각하면 이 주인도 제법 그림도 되고 시도 될 만한 남자라서 나는 진작 돌아가야 할 것을 일부러 엉덩이를 붙이고 여러 가지 잡담을 하고 있었다. 그때 포렴을 밀치고 조그마한 빡빡머리가 들어온다.

"실례지만 좀 깎아주세요."

흰 무명옷에 같은 무명 천으로 둥글게 공그른 띠를 매고 그 위에 모기장처럼 거친 법의를 걸친, 대단히 무사태평해 보이는 꼬마 중이었다.

"료넨. 어땠어? 저번에 곧장 돌아가지 않고 도중에 딴 짓 했다고 스님한테 야단맞았지?"

"아뇨, 칭찬받았어요."

"심부름 갔다가 도중에 물고기를 잡았는데 기특하다고 칭찬을 받았다고?"

"어린 나이답지 않게 료넨이 잘 놀다 와서 기특하다고 스님께서 칭찬해주셨어요."

"어쩐지 머리에 혹이 생겼더라니. 이렇게 못생긴 머리는 깎는 게 힘들어서 안 돼. 오늘은 봐주겠지만 다음에는 다시 반죽해서 와."

"다시 반죽할 거라면 좀 더 잘하는 이발소로 갈 거예요."

"하하하하, 머리는 울퉁불퉁한데 말솜씨 하나는 그럴싸하다니까."

"솜씨는 형편없으면서 술 하나는 센 것이 아저씨잖아요."

"예끼 이 못된 놈, 솜씨가 형편없다고?"

"제가 한 말이 아니에요. 스님 말씀이란 말이에요. 그렇게 화내지 마세요. 나잇값도 못하고."

4 짓펜샤 잇쿠(十返舍一九, 1765~1831)의 소설 『도카이도추 히자쿠리게(東海道中膝栗毛)』에서 기타하치(喜多八)와 우스꽝스러운 여행을 하는 주인공 야지로베(弥次郎兵衛)를 말한다.

"흥, 하나도 재미없어. 그렇지요, 손님?"

"예?"

"대체로 중이란 놈은 높은 돌계단 위에 살고 있어 걱정거리가 없으니까 자연스럽게 입만 발달한 걸까요? 이렇게 어린 중까지 제법 건방진 소리를 하는 거 보세요. 아니, 머리를 좀 더 눕혀. 좀 더 눕히라니까. 내 말을 안 들으면 자른다, 괜찮아? 피가 날 텐데."

"아파요, 그렇게 막 하면."

"이 정도도 못 참아서야 어떻게 중이 되겠어?"

"이미 중이 되었는데요."

"아직 어엿한 중은 아니지. 그런데 다이안 씨는 왜 죽었지, 꼬마 중?"

"다이안 씨는 죽지 않았는데요."

"죽지 않았다고? 그거 참 이상한데. 죽었을 텐데."

"다이안 씨는 그 후 분발해서 리쿠젠[5]의 다이바이지로 가서 수행에 정진하고 있어요. 머지않아 고승이 될 거예요. 좋은 일이지요."

"뭐가 좋은 일이야. 아무리 중이라도 야반도주를 했는데 좋은 법은 없겠지. 너도 조심하지 않으면 안 돼. 어쨌든 여자 때문에 실수를 하게 되니까. 여자라고 하니 말인데, 그 미친 여자가 절에 스님을 찾아가나?"

"미친 여자라뇨, 들어본 적이 없는데요."

"야, 이거 말이 안 통하는 땡중이네. 가느냐 안 가느냐 그 말이야."

"미친 여자는 안 오지만 시호다 댁 아가씨라면 와요."

5 옛 나라 이름. 현재의 미야기 현과 이와테 현의 일부. 다이바이지(大梅寺)는 실재하는 임제종의 절.

"아무리 스님의 불경이라도 그것만으로는 안 고쳐질걸. 완전히 전 남편의 저주니까."

"그 아가씨는 훌륭한 아가씨예요. 스님이 자주 칭찬하시거든요."

"돌계단을 올라가면 뭐든지 거꾸로 되니 당할 수가 없다니까. 스님이 뭐라고 했든 미치광이는 미치광이지…… 자, 다 깎았다. 빨리 가서 스님한테 야단이나 맞고 와라."

"아니요, 좀 더 놀다 가서 칭찬받을래요."

"니 마음대로 해라, 이 입만 산 꼬맹이 같으니라고."

"에라, 이 똥막대기야."

"뭐라고?"

파르스름한 머리는 이미 포렴을 빠져나가 봄바람을 맞고 있다.

## 6

저녁 무렵, 책상 앞에 앉는다. 장지문도 미닫이도 열어젖힌다. 사람이 많지도 않은 여관이 비교적 널찍하다. 내가 묵고 있는 방은, 많지도 않은 사람이 생활하는 공간과 떨어져 있는 데다 꼬불꼬불한 복도까지 있으니 물건 소리조차 사색에 방해되지 않는다. 오늘은 한층 더 조용하다. 주인도 딸도 하녀도 하인도, 모르는 사이에 나를 남겨두고 떠나버린 것만 같다. 떠났다면 웬만한 곳으로 떠나지는 않았을 것이다. 안개의 나라나 구름 나라일 것이다. 어쩌면 구름과 물이 자연스럽게 접근하여 노를 잡는 것조차 귀찮기만 한 바다 위를 언제 흘러왔는지도 모르는 사이에 하얀 돛이 구름인지 물인지 분간하기 어려운 곳으로 흘러가, 끝내는 돛 스스로가 어디에서 자신을 구름이나 물과 구별해야 할지 고민하는 곳으로, 그런 아득한 곳으로 사라졌을 것 같다. 그렇지 않다면 돌연 봄 속으로 사라져, 땅, 물, 불, 바람이라는 4대 원소가 이제는 눈에 보이지 않는 영묘한 기운이 되어 드넓은 천지에 현미경의 힘을 빌려서도 약간의 흔적조차 발견할 수 없게 된 것이리라.

어쩌면 종달새가 되어 노란 유채꽃 속에서 종일 울다가 날이 저물어 보랏빛으로 길게 뻗쳐 있는 노을 쪽으로 갔는지도 모른다. 또는 기나긴 해를 더욱 길게 하는 등에의 역할을 한 후 꽃술에 어린 달콤한 이슬을 잘못 빨아들여, 떨어진 동백꽃 밑에 깔린 채 세상을 향기롭게 하며 잠들어 있는지도 모른다. 아무튼 고요하다.

공허한 집을 공허하게 지나는 봄바람이 빠져나가는 것은, 맞이하는 사람에 대한 도리가 아니다. 거부하는 자에 대한 앙갚음도 아니다. 스스로 왔다가 스스로 사라지는 공평한 우주의 마음이다. 손바닥으로 턱을 괴고 있는 내 마음도 내가 묵고 있는 방처럼 공허하니 봄바람은 부르지 않아도 사양치 않고 빠져나갈 것이다.

밟는 것이 땅이라고 생각하니 갈라지지나 않을까 걱정도 된다. 머리에 이고 있는 것이 하늘이라는 것을 알기에 번개가 관자놀이에 떨어지지 않을까 두려움도 생긴다. 남과 다투지 않으면 체면이 서지 않는다고 속세가 재촉하기 때문에 번뇌의 고통을 면치 못한다. 동서가 있는 천지에 살며 이해(利害)의 밧줄을 매야 하는 몸에는 사실 연애는 부질없는 짓이다. 눈에 보이는 부(富)는 흙이다. 잡는 명(名)과 빼앗는 예(譽)는, 교활한 벌이 달콤하게 만들어내는 것처럼 보여주면서 침을 남겨두고 가는 꿀 같은 것이리라. 이른바 즐거움은 사물에 집착하는 데서 생기기 때문에 온갖 고통을 포함한다. 다만 시인과 화객(畵客)이 있어 어디까지나 이해득실이 대립하는 이 세계의 정화(精華)를 음미하고 철두철미하게 맑은 것을 안다. 안개를 반찬으로 삼고 이슬을 마시며 조석의 풍광을 품평하고 죽음에 이르도록 후회하지 않는다. 그들의 즐거움은 사물에 집착하는 것이 아니다. 동화하여 그 사물이 되는 것이다. 온전히 그 사물이 되었을 때 나를 수립할 여지는 망망한 대지를 다 뒤져도 발견할 수 없다. 무의미한 것을 자유롭게 내던지고 해진 갓 안에 한없이 상쾌한 여름 바람을 담는다. 쓸데없이 이런 처지를 생각해내는 것은 구태여 돈 냄새에 찌든 시정의 속물을 위협하여 기꺼이 우월감을 가지기 위한 것이 아니다. 그저 그사이 복음을 펴서 인연이 있는 중생을 손짓하여 부를 뿐이다. 사실대로 말하자면 시의 세계나 그림의 세계도 누구에게나 갖춰져 있는 길이다. 모든 손가락을 꼽아 나이를 헤아리며 백발에 신음하는 무리라 하더라도 평생을 돌아보고 지나온 내력의 파동을 순차적으로 점검할 때, 한때 더럽혀진 몸에서 희미한 빛이 새어나와 자신을 잊고 박수의 흥을 불러일으킬 수 있었으리라. 그럴 수 없다면 사는 보람이 없는 남자다.

하지만 한 가지 일에 들어맞고 한 가지 사물로 화하는 것만이 시인의 감흥이라고 할 수는 없다. 어떤 때는 한 잎의 꽃이 되고, 어떤 때는 한 쌍의 나비가 되고, 어떤 때는 워즈워스처럼 한 무더기의 수선화가 되어 마음을 비바람 속에 교란시키는 일도 있겠지만, 뭔지도 모르는 사방의 풍광에 내 마음을 빼앗기고, 자신의 마음을 빼앗는 것이 어떤 것인지도 명료하게 의식하지 않는 경우가 있다. 어떤 사람은 천지의 밝게 빛나는 대기를 접한다고 말할 것이다. 어떤 사람은 현 없는 거문고[1]를 마음으로 듣는다고 할 것이다. 또 어떤 사람은 알기 어렵고 이해하기 어려우므로 무한한 지역을 배회하며 아득한 곳을 방황한다고 형용할지도 모른다. 뭐라고 하든 다 그 사람의 자유다. 열대산 목재로 만든 책상에 기대어 있는 나의 멍한 심리 상태가 바로 그것이다.

나는 확실히 아무것도 생각하고 있지 않다. 또 확실히 아무것도 보고 있지 않다. 내 의식의 무대에 뚜렷한 색채를 띠고 움직이는 것이

1 자연의 미묘한 가락을 비유한 표현.

없으니 나는 어떤 사물에 동화했다고 말할 수도 없다. 하지만 나는 움직이고 있다. 세상 안에서도 움직이지 않고 세상 밖에서도 움직이지 않는다. 그냥 움직이고 있을 뿐이다. 꽃에 움직이지도 않고 새에 움직이지도 않으며 인간에 대해 움직이지도 않고 그저 황홀하게 움직이고 있을 뿐이다.

굳이 설명하라면 내 마음은 오직 봄과 함께 움직이고 있다고 말하고 싶다. 온갖 봄의 빛깔, 봄의 바람, 봄의 사물, 봄의 소리를 다져 넣어 굳혀 영약을 만들고 그것을 봉래산(蓬萊山)의 영묘한 물에 녹여 도원(桃園)의 햇빛으로 증발시킨 정기가 자기도 모르는 사이에 모공으로 스며들어 마음이 지각하지도 못하는 사이에 포화되고 말았다고 말하고 싶다. 보통의 동화에는 자극이 있다. 자극이 있어야 유쾌할 것이다. 나의 동화는, 무엇과 동화했는지 분명하지 않으니 추호의 자극도 없다. 자극이 없으니 오묘하고 형용하기 어려운 즐거움이 있다. 바람에 이리저리 밀려 건성으로 물결을 일으키는 경박하고 소란스러운 정취와는 다르다. 눈에 보이지 않는 아주 깊은 곳을 대륙에서 대륙까지 움직이고 있는 깊고 드넓은 바다인 창해(蒼海)의 모습이라 형용할 수 있다. 그저 그 정도로 활력이 없을 따름이다. 하지만 오히려 거기에 행복이 있다. 위대한 활력의 발현에는 이 활력이 언젠가 다하고 말 것이라는 걱정이 깃들어 있다. 평소의 모습에는 그런 걱정이 따르지 않는다. 평소부터 아련한 내 마음의 지금 상태는, 나의 격렬한 힘이 소진되지 않을까 하는 근심을 벗어났을 뿐만 아니라 평소 좋지도 않고 나쁘지도 않은 평범한 마음의 경지도 벗어나 있다. 아련하다는 것은 단지 포착하기 힘들다는 의미일 뿐, 너무 약하다는 염려는 담고 있지 않다. 충융(冲融)[2]이라든가 담탕(淡蕩)[3]이라는 시인의 말은 이 경지를 가장 절실하고도 충분히 말한 것이리라.

이 모습을 그림으로 그려보면 어떨까, 하고 생각했다. 하지만 보통의 그림이 되지 않을 건 뻔하다. 우리가 흔히 그림이라 칭하는 것은, 그저 눈앞에 펼쳐진 인간 세상의 사건이나 풍광을 있는 그대로의 모습으로 또는 이를 자신의 심미안으로 여과하여 화폭에 옮겨놓은 것에 지나지 않는다. 꽃이 꽃으로 보이고 물이 물로 비치고 사람이 사람으로 활동하면 그림이 할 일은 끝난 것이라 여겨진다. 만약 더 뛰어나다면 자신이 느끼는 물상을, 자신이 느끼는 그대로의 정취를 더해 화폭 위에 생동감 있게 표현할 수 있다. 어떤 특별한 감흥을 자신이 포착한 삼라만상 안에 의탁한다는 것이 이런 유의 예술가가 주장하는 것이므로, 그들이 본 물상이 명료하게 붓끝에 샘솟지 않으면 그림을 그렸다고 말할 수 없다. 자신이 이러이러한 일을 이러이러하게 보고 이러이러하게 느끼고, 그렇게 보는 방식도 느끼는 방식도 선인의 영향 아래 고래(古來)의 전설에 지배당한 것이 아니며, 게다가 가장 옳고 아름다운 것이라는 주장을 보여주는 작품이 아니라면 감히 자신의 작품이라 말하지 않는다.

이런 두 종류의 제작자에게 주객(主客)의 깊고 얕은 구별이 있을지 모르지만, 명료한 외계의 자극을 기다려 비로소 착수하는 것은 쌍방이 마찬가지다. 하지만 지금 내가 그리려는 제재는 그다지 분명한 것이 아니다. 모든 감각을 다 고무하여 이를 마음 바깥에서 물색한들 모난 것과 둥근 것, 홍색과 녹색은 물론이고 짙고 옅은 음영, 굵고 가는

2 온화하고 기분이 풀려 누그러진 모습을 말하며, 두보의 시 「왕재(往在)」에 '화기일충융(和氣日冲融)'이라는 구절이 있다.

3 평온하고 차분한 모습을 말하며, 이백의 시 「상봉행(相逢行)」에 '춘풍정담탕(春風正淡蕩)'이라는 구절이 있다.

선을 찾아내기란 힘들다. 나의 느낌은 외부에서 온 것이 아니다. 설사 외부에서 왔다고 해도 내 시야에 펼쳐진 일정한 풍물이 아니니, 이것이 원인이라고 손을 들어 사람들에게 분명히 보여줄 수는 없다. 있는 것은 오로지 마음뿐이다. 이 마음을 어떻게 표현하면 그림이 될까. 아니, 이 마음을 어떤 구체성을 빌려 사람들이 납득할 수 있도록 할 수 있는가가 문제다.

보통의 그림은 느낌이 없어도 물체만 있으면 된다. 제2의 그림은 물체와 느낌이 양립하면 된다. 제3의 그림에 이르면 존재하는 것은 오직 마음뿐이기 때문에 그림으로 만들기 위해서는 반드시 이 마음에 적합한 대상을 택하지 않으면 안 된다. 그런데 이 대상은 쉽게 나오지 않는다. 나온다고 해도 쉬이 완성되지 않는다. 완성된다고 해도 자연계에 존재한 것과는 정취가 완전히 달라지는 경우가 있다. 따라서 보통 사람이 보면 그림처럼 보이지 않는다. 그 그림을 그린 당사자도 자연계의 일부분이 재현된 것으로 인정하지 않고, 그저 감흥에 빠진 현재의 마음을 얼마간이라도 전하여 다소의 생명을 어렴풋한 분위기로 보여주면 대성공이라 알고 있다. 옛날부터 오늘에 이르기까지 이 어려운 일에 온전한 공적을 올린 화공이 있는지 어떤지는 모른다. 어느 정도까지 이 유파에 속한 그림을 들자면 문여가[4]의 대나무 그림과 운코쿠[5] 문하의 산수화가 있다. 시대를 내려와 다이가도(大雅堂)[6]의 경치 그림이나 부손[7]의 인물화도 꼽을 수 있다. 서양의 화가에 이르러서는 대부분 눈을 구상 세계에 돌려, 마음이 이끄는 기운에 끌리지 않은

4 문여가(文與可, 1018~1079). 중국 북송(北宋)의 문인이자 화가.

5 운코쿠 도간(雲谷等顔, 1547~1618). 일본의 화가.

6 이케노 다이가(池大雅, 1723~1776)를 말함. 에도 시대의 문인화가.

7 요사 부손(与謝蕪村, 1716~1784). 에도 시대의 하이쿠 시인이자 화가.

자가 대다수를 차지하기 때문에 이런 유의 필묵으로 물질계를 떠난 세계의 뛰어난 운치를 전할 수 있는 이가 과연 몇 명이나 될지 알 수 없다.

안타깝게도 셋슈,[8] 부손 등이 애써 그려낸 일종의 기품 있는 정취는 너무나 단순하고 또 너무나 단조롭다. 필력이라는 점에서 보자면 도저히 이들 대가에 미치지는 못하지만, 지금 내가 그려보려는 마음은 좀 더 복잡하다. 복잡한 만큼 아무래도 한 장의 그림 안에 그 느낌을 담기는 어려울 것 같다. 턱에 괸 손을 풀어 책상 위에서 팔짱을 끼고 생각해봤지만 역시 떠오르지 않는다. 색깔, 형태, 스타일이 만들어져 자신의 마음이, 아아 여기에 있었구나, 하고 순식간에 자기를 인식할 수 있도록 그리지 않으면 안 된다. 생이별한 자기 자식을 찾기 위해 전국 방방곡곡을 돌아다니며 자나 깨나 잊지 못하던 어느 날 네거리에서 문득 해후하여 번갯불이 번쩍일 틈도 없이, 아 여기 있었구나, 하고 생각할 수 있게 그려야 한다. 그게 어렵다. 그런 표현만 된다면 그림을 보고 누가 뭐라 하든 상관없다. 그림이 아니라는 욕을 먹어도 원망할 생각이 없다. 적어도 색의 배합이 이 마음의 일부를 나타내고, 구부러지고 곧은 선이 얼마간 이 마음을 표현하여 전체의 배치가 얼마간이라도 이 정취를 전한다면, 형태로 표현된 것이 소든 말이든 혹은 소도 말도 아닌 그야말로 아무것도 아니라도 상관없다. 상관없기는 한데 도저히 안 된다. 사생첩을 책상 위에 놓고 그것을 뚫어져라 쳐다보며 궁리를 해도 도저히 안 된다.

연필을 놓은 채 생각했다. 애초에 이런 추상적인 정취를 그림으로

8 셋슈(雪舟, 1420~1506). 무로마치(室町) 후기의 선승이자 화승(畵僧). 중국에서 도래한 수묵화의 기법을 자기 것으로 만들어 산수화를 크게 성공시켰다.

표현하려 한 것이 잘못이었다. 사람은 그리 다르지 않으니 많은 사람들 중에는 아마 나와 같은 감흥을 느낀 사람이 있을 것이고, 그 감흥을 모종의 수단으로 영구화하려고 시도했을 것이다. 시도했다면 그 수단은 무엇일까.

그 순간 음악이라는 두 글자가 번쩍 눈에 비쳤다. 역시 음악은 이런 때 이런 필요에 쫓겨 생겨난 자연의 소리일 것이다. 음악은 들어야 하는 것, 익혀야 하는 것이라는 걸 비로소 깨달았지만, 불행히도 음악에 대해서는 전혀 모른다.

다음으로, 시는 어떨까 하고 제3의 영역으로 들어가본다. 레싱[9]이라는 남자는 시간의 경과를 조건으로 일어나는 사건을 시의 본령이라는 식으로 논하고, 시와 그림은 같은 게 아니라 두 가지 다른 양식이라는 근본 뜻을 세웠던 것으로 기억하는데, 그 시를 보면 지금 내가 발표하려고 안달하고 있는 것은 도저히 제대로 된 시가 될 것 같지 않다. 내가 기쁘다고 느끼는 마음속의 상황에는 시간이 있는지 모르겠지만, 시간의 흐름에 따라 순차적으로 전개해야 할 사건의 내용이 없다. 하나가 가고 둘이 오고, 둘이 가고 셋이 생겨나기 때문에 기쁜 게 아니다. 처음부터 그윽하게 같은 곳에 붙잡아두는 정취로 인해 기쁜 것이다. 이미 같은 곳에 붙잡아둔 이상, 만약 이를 보통의 언어로 번역한다고 해도 꼭 제재를 시간적으로 안배할 필요는 없을 것이다. 역시 회화와 마찬가지로 풍물을 공간적으로 배치하기만 하면 될 것이다. 다만 어떤 정경을 시 안으로 가져가 드넓고 의지할 데 없는 그 모습을 묘사할 수 있는지가 문제로, 이미 이를 포착한 이상 레싱의 주장에 따

9 고트홀트 에프라임 레싱(Gotthold Ephraim Lessing, 1729~1781). 독일의 극작가, 평론가, 계몽사상가. 평론 「라오콘(Laokoon)」에서 시와 회화의 구별을 논했다.

르지 않더라도 시로서 성공하는 것이다. 호메로스가 어떻든 베르길리우스가 어떻든 상관없다. 만약 시가 일종의 분위기를 나타내는 데 적합하다면, 이 분위기는 시간의 제한을 받아 순차적으로 진척되는 사건의 도움을 받지 않더라도 단순히 공간적인 회화의 요건을 충족하기만 한다면 언어로 그릴 수 있는 것이라 생각한다.

이론적 논의는 아무래도 상관없다. 「라오콘」[10] 같은 것은 대체로 잊고 있으니, 잘 조사해보면 내가 더 의심스러워질지도 모른다. 아무튼 그림이 되는 데 실패했으니 일단 시로 만들어보려고 사생첩 위에 연필을 대고 몸을 앞뒤로 흔들어보았다. 잠깐 동안은 연필 끝의 뾰족한 부분을 어떻게든 움직이고 싶었으나, 전혀 움직일 수가 없었다. 갑자기 친구의 이름을 잊어먹고, 생각이 날 듯 말 듯 목구멍에 걸려 나오지 않는 기분이다. 그래서 포기하면 나오다 만 이름은 끝내 배 속으로 가라앉고 만다.

갈분탕을 끓일 때 처음에는 삭삭 젓가락에 닿는 느낌이 없는 법이다. 그것을 참고 계속 저으면 점차 끈적끈적해져 휘젓는 손이 약간 무거워진다. 그래도 개의치 않고 젓가락을 계속 저으면 이번에는 잘 저어지지 않게 된다. 결국에는 냄비 안의 칡이, 원하지도 않는데 그쪽에서 앞다투어 젓가락에 붙는다. 시를 짓는 것은 바로 이런 것이다.

실마리가 없었는데 연필이 조금씩 움직이게 되고, 그 힘을 얻어 이래저래 2, 3분 있으니 아래의 여섯 구절이 만들어졌다.

青春二三月

10 1766년에 발표된 레싱의 예술론으로, 원 제목은 「라오콘: 회화와 시의 한계에 대하여(Laokoon: oder über die Grenzen der Malerei und Poesie)」다.

愁隨芳草長

閑花落空庭

素琴橫虛堂

蠨蛸掛不動

篆煙繞竹梁

푸른 봄 이삼월,

시름은 향기로운 풀처럼 길구나.

꽃은 빈 뜰에 지고,

거문고는 빈 방에 걸려 있네.

갈거미 거미줄에 걸려 움직이지 않고,

연기는 대나무 들보를 감도네.

다시 읽어보니 다 그림이 될 것 같은 구절들뿐이다. 이거라면 처음부터 그림으로 그렸으면 좋았을 거라고 생각한다. 왜 그림으로 그리는 것보다 시로 짓는 것이 쉬웠을까, 하고 생각한다. 여기까지 되었으니 그다음은 별로 힘들이지 않고 나올 것 같다. 하지만 다음에는 그림으로 표현할 수 없는 정(情)을 읊어보고 싶다. 이건가 저건가 하고 고민한 끝에 드디어 이런 구절이 나왔다.

獨坐無隻語

方寸認微光

人間徒多事

此境孰可忘

會得一日靜

正知百年忙
遐懷寄何處
緬邈白雲鄉
홀로 말없이 앉았노라니,
마음에 희미한 빛이 비추네.
세상사 헛된 일 많다 한들,
이 선경(仙境) 누가 잊을쏜가
문득 고요한 하루 얻었으니,
백 년이 분주할 줄 바로 알았네.
아득한 심사 어디에 둘까,
멀기만 하구나, 신선의 마을.

처음부터 다시 한 번 읽어보니 다소 재미있게 읽히기는 했으나, 아무래도 자신이 이제 막 들어선 신경(神境)을 묘사한 것으로는 흥미도 떨어지고, 어딘가 좀 부족한 느낌이 들었다. 내친김이니 한 수 더 지어볼까 하고 연필을 쥔 채 아무 생각 없이 입구 쪽을 보니 미닫이를 밀어 활짝 열린 폭 1미터의 공간을 언뜻 예쁜 그림자가 지나갔다. 뭘까.

내가 시선을 옮겨 입구를 보았을 때는 예쁜 것이 이미 열린 미닫이 뒤로 반쯤 사라지고 있었다. 게다가 그 모습은 내가 보기 전부터 움직이고 있었던 모양으로, 앗 하는 사이에 지나가고 말았다. 나는 시를 버리고 입구를 지켜본다.

1분도 지나지 않아 그림자는 반대쪽에서 다시 나타났다. 후리소데 차림의 늘씬한 여인이 소리도 내지 않고 건너편 2층 툇마루를 쓸쓸히 걸어간다. 나도 그만 연필을 떨어뜨리고 코로 들이마시던 숨을 뚝 그쳤다.

벚꽃이 필 무렵의 찌푸린 하늘이 시시각각으로 흘러내려 이제 곧 비가 내릴 것 같은 저녁 무렵의 난간을 단아하게 오가는 후리소데의 모습은, 내 방에서 10미터 넓이의 안뜰을 사이에 두고 묵직한 공기 속에 고요하고 쓸쓸하게 보였다 안 보였다 한다.

여인은 처음부터 말이 없다. 한눈도 팔지 않는다. 툇마루를 끄는 옷자락 소리도 내 귀에 들리지 않을 만큼 조용히 걷고 있다. 허리 아래로 눈에 확 띄는 색상의 무늬 옷은 무엇으로 물들인 것인지 멀어서 알 수가 없다. 다만 무늬 없는 부분과 무늬가 이어지는 사이가 저절로 바림이 되어 밤과 낮의 경계와 같은 느낌이다. 여인은 처음부터 밤과 낮의 경계를 걷고 있다.

긴 후리소데를 입고 긴 복도를 몇 번이나 왕복할 생각인지 나로서는 알 수가 없다. 언제부터 이 이상한 차림을 하고, 언제까지 이 이상한 보행을 계속할는지 나로서는 알 수가 없다. 그 의도는 처음부터 알 수 없다. 처음부터 알아야 할 리가 없는 일을 이렇게까지 단정하게, 이렇게까지 정숙하게, 이렇게까지 되풀이하는 사람의 모습이 입구에 나타났다 사라지고 사라졌다 나타날 때 내 느낌은 뭔가 색다른 것이다. 가는 봄을 원망하는 행위라면, 무엇 때문에 저리 무심할까. 무심한 행위라면, 무엇 때문에 저리 곱게 꾸몄을까.

저물어가는 봄빛이 잠시 어스름한 입구를 환영으로 곱게 채색하는 가운데 눈이 번쩍 뜨일 것 같은 오비의 천은 금란(金襴)인가. 선명한 직물이 오락가락하며 어둑어둑한 저녁에 휩싸여 그윽하고 호젓한 저편, 아득한 저편으로 시시각각 사라져간다. 반짝이는 봄 별이 새벽녘의 짙은 보랏빛 하늘 속으로 빨려 들어가는 정취다.

천상의 문이 스스로 열려 이 화려한 모습을 유명계(幽冥界)로 빨아들이려 할 때 나는 이렇게 느꼈다. 금병풍을 뒤에 두고 은촉(銀燭)을 앞에 두고 봄밤의 한때를 천금(千金)으로 하고 떠들썩한 생활에 걸맞은 이 옷차림으로, 싫어하는 기색도 없이 다투는 모습도 보이지 않고 현실 세계에서 희미해져가는 것은 어떤 점에서 초자연적인 정경이다. 시시각각 다가오는 검은 그림자 사이로 보니 여인은 숙연하며, 초조해하지도 않고 당황하지도 않으며 같은 정도의 걸음걸이로 같은 곳을 배회하고 있는 것 같다. 자신에게 떨어질 재앙을 모르고 있다면 순진함의 극치다. 알고도 재앙이라 생각하지 않는다면 대단하다. 검은 곳이 원래의 거처이고 잠깐의 환영을 원래대로인 어둠 속에 거두어들이기에 이처럼 조용하고 단아한 태도로 유와 무 사이를 소요하고 있을 것이다. 여인이 입은 후리소데에 어지러운 무늬가 없어지고, 옳고 그름의 구별도 없는 먹물로 흘러드는 곳에 자신의 본성을 넌지시 비추고 있다.

또 이렇게 느꼈다. 아름다운 사람이 아름다운 잠에 들고, 그 잠에서 깰 여유도 없이 환영인 채 이 세상의 숨을 거둘 때 머리맡에서 병상을 지키는 우리의 마음은 필시 괴로울 것이다. 심한 고통을 겪으며 죽는다면, 삶의 보람이 없는 본인은 물론이고 옆에서 보고 있는 친한 사람도 차라리 죽여주는 것이 자비라며 단념할지도 모른다. 하지만 새근새근 잠이 든 아이에게 죽어야 할 무슨 허물이 있겠는가. 잠을 자면서 저승으로 끌려가는 것은, 죽을 각오를 하기 전에 불시에 공격하여 아까운 목숨을 빼앗는 것과 마찬가지다. 어차피 죽일 거라면 도저히 피할 수 없는 운명이라고 납득시키고 단념도 하게 하여 염불을 외고 싶다. 죽어야 할 조건이 갖추어지기 전에 죽는 사실만이 역력해질 때, 나무아미타불 하고 불공을 드려 죽은 사람의 명복을 비는 목소리가 나오는 정도라면 그 목소리로, 이봐, 이봐, 하고 반쯤 저승에 발을 들여놓은 자를 억지로 불러내오고 싶어진다. 선잠에서 자기도 모르게 어느새 깊은 잠으로 빠져드는 본인을 불러내는 것은, 끊을 수 없던 번뇌의 그물을 함부로 치는 것과 같아 괴로운 일일지도 모른다. 깨우지 말고 자비를 베풀어 편히 자게 해달라고 생각할지도 모른다. 그래도 우리는 불러내고 싶어진다. 나는 다음에 여인의 모습이 입구에 나타나면 그녀를 불러 비몽사몽 상태에서 구해주리라 생각했다. 하지만 꿈처럼 1미터의 폭을 쓰윽 빠져나가는 그림자를 보자마자 어쩐지 입을 열 수가 없다. 다음에는, 하고 마음먹고 있는 사이에 쓰윽 하고 어이없이 지나가버린다. 왜 아무 말도 할 수 없을까, 하고 생각하자마자 여인이 다시 지나간다. 이쪽에 엿보는 사람이 있고, 그 사람이 자신을 위해 얼마나 애달아하고 있는지 털끝만치도 신경 쓰지 않는 모습으로 지나간다. 성가시게도, 딱하게도 처음부터 나 같은 사람은 거리끼지 않는 모습으로 지나간다. 다음에는, 다음에는, 하고 생각하는 동안, 더 이상 참지 못한 구름층이 지탱할 수 없는 빗줄기를 소리 없이 떨어뜨려 여인의 모습을 쓸쓸하게 막아버린다.

# 7

춥다. 수건을 걸치고 욕탕으로 내려간다.

세 첩 다다미방에서 옷을 벗고 네 계단을 내려가니 다다미 여덟 장 크기의 욕탕이 나온다. 돌이 풍부한 고장인지 바닥은 화강암으로 깔았고, 한가운데를 120센티미터 깊이로 파내 두부 가게의 두부 틀만 한 욕조를 만들어놓았다. 욕조라고는 하지만 역시 돌을 쌓은 것이다. 광천이라는 이름이 붙었으니 여러 가지 성분을 포함하고 있겠지만, 색이 아주 투명하여 들어가 있으면 기분이 좋다. 이따금 입에 머금어 보기도 하지만 특별한 맛도 냄새도 없다. 병에도 효험이 있다고 하는데, 물어보지 않아서 어떤 병에 효과가 있는지는 모른다. 원래 특별한 지병이 있는 것도 아니어서 실용적인 가치는 일찍이 머리에 떠올린 적이 없다. 그저 들어갈 때마다 생각나는 것은 백낙천의 '온천수활세응지(溫泉水滑洗凝脂)',[1] 즉 '온천물 매끄러워 엉긴 기름 같은 살결 씻

1 백낙천(白樂天), 즉 백거이(白居易)의 「장한가(長恨歌)」에 나오는 구절로, 양귀비의 목욕을 묘사한 것이다.

어주네'라는 구절뿐이다. 온천이라는 말을 들으면 반드시 이 구절에 나타나 있는 유쾌한 기분이 든다. 또 이런 기분을 낼 수 없는 온천은 온천으로서 전혀 가치가 없다고 생각한다. 이것이 이상적인 온천이고 그밖에는 달리 주문할 것이 전혀 없다.

물속으로 쓰윽 들어가 가슴 언저리까지 몸을 담근다. 어디서 뜨거운 물이 솟아나는지는 모르지만, 평소에도 욕조 가장자리를 깔끔하게 넘쳐 흐른다. 봄의 돌은 마를 틈도 없이 젖어 따뜻하니 밟는 발의 느낌이 안온하여 기분 좋다. 비는 어둠을 틈타 가만히 봄을 적실 만큼 조용히 내리지만, 처마 끝에 달린 빗방울 떨어지는 소리는 점차 잦아져 똑똑 하고 귓가에 들려온다. 자욱한 김은 바닥에서부터 천장까지 온통 들어차 빈틈이라도 생기면 조그만 옹이구멍도 마다하지 않고 빠져나가려는 기색이다.

가을 안개는 차갑게, 길게 뻗친 연무는 한가하게, 저녁 짓는 집의 연기는 파르스름하게 일어 드넓은 하늘에 나의 덧없는 모습을 빌려 나타낸다. 다양한 정취는 있지만 봄밤 온천의 뜨거운 김만은 목욕하는 자의 살갗을 부드럽게 감싸, 옛 세상의 사내인가, 하고 자신을 의심하게 한다. 눈에 비치는 것이 보이지 않을 정도로 짙게 휘감기지는 않지만, 얇은 명주를 한 겹 찢으면 아무런 고생도 없이 하계의 인간과 자기 자신을 찾아낼 만큼 얕은 것은 아니다. 한 겹을 찢고, 두 겹을 찢고, 여러 겹을 다 찢어도 이 연기에서 내보내는 일은 없다는 얼굴로 사방에서 나 한 사람을 따뜻한 무지개 속에 묻어버린다. 술에 취한다는 말은 있지만 연기에 취한다는 말은 들어본 적이 없다. 있다고 해도 물론 가을 안개에는 사용할 수 없고, 봄 안개에 사용하기에는 너무 강하다. 다만 이 안개 앞에 봄밤이라는 두 글자를 붙일 때 비로소 타당하다고 느낀다.

나는 천장을 보는 자세로 머리를 욕조 가장자리에 기대고 투명한 물 속의 가벼운 몸을 되도록 저항력이 없는 곳으로 띄워보았다. 영혼이 해파리처럼 둥둥 떠 있다. 세상도 이런 기분이면 편할 것이다. 분별의 자물쇠를 열고 집착의 빗장을 벗긴다. 될 대로 되라며 온천물 안에서 온천물과 동화해버린다. 흐르는 것일수록 살아가는 데 힘들지 않다. 흐르는 것 안에 영혼까지 흐르게 하면 그리스도의 제자가 된 것보다 고맙다. 역시 이런 식으로 생각하면 익사자는 풍류다. 여자가 물 밑에서 왕생하여 기뻐하는 느낌을 쓴 스윈번[2]의 어떤 시가 있다. 내가 평소 괴로워하던 밀레이의 〈오필리아〉도 이렇게 관찰하면 상당히 아름다워진다. 왜 그렇게 불쾌한 것을 택한 것인지 지금까지 이상하게 생각했었는데, 그것 역시 그림이 된다. 물에 뜬 채, 또는 물속에 가라앉은 채, 또는 가라앉았다 떴다 하는 채, 단지 그대로의 모습으로 괴로워하지 않고 흘러가는 모습은 미적임에 틀림없다. 그리고 강 양쪽에 여러 가지 풀과 꽃을 곁들이고 물의 색과 흘러가는 사람의 얼굴색, 그리고 의복의 색에 차분한 조화를 이루면 틀림없이 그림이 될 것이다. 하지만 흘러가는 사람의 표정이 지나치게 평화로워서는 거의 신화가 되거나 비유가 되어버린다. 경련을 일으키는 괴로움은 물론 화폭 전체의 정신을 깨뜨리지만, 전혀 색기 없는 태연한 얼굴에는 인정이 담기지 않는다. 어떤 얼굴을 그리면 성공할까. 밀레이의 〈오필리아〉는 성공했는지 모르겠지만, 그의 정신이 나와 같은 데 있는지 의심스럽다. 밀레이는 밀레이 나는 나이니, 나는 나의 흥미를 가지고 일단 풍류 있는 익사자를 그려보고 싶다. 하지만 내가 생각하는 얼굴은

2 앨저넌 찰스 스윈번(Algernon Charles Swinburne, 1837~1909). 영국의 시인이자 비평가.

그리 쉽게 마음에 떠오를 것 같지 않다.

탕 속에 뜬 채 이번에는 익사자 찬가를 지어본다.

비가 오면 젖으리.
서리가 내리면 추우리.
땅속은 어두우리.
떠오르면 물결 위,
가라앉으면 물결 아래,
봄물이라면 고생은 없으리.

입속으로 조그맣게 소리 내 외면서 멍하니 떠 있으니 어딘가에서 샤미센 타는 소리가 들려온다. 예술가라면서 그것도 모르냐고 하면 황송하지만, 사실 이 악기에 대한 나의 지식은 몹시 의심스러운 것으로, 두 번째 줄을 위로 뜯는지 세 번째 줄을 아래로 뜯는지 들을 때 그다지 영향을 받아본 예가 없다. 하지만 고요한 봄밤에 비마저 흥을 돋우는 산골의 탕 안에서 혼까지 봄의 온천물에 띄우며 멀리서 들리는 샤미센 소리를 무책임하게 듣는 것은 심히 기쁜 일이다. 멀리서 들려오는지라 무슨 노래를 부르는지, 무엇을 타고 있는지 물론 알 수 없다. 거기에 왠지 모를 정취가 있다.

음색이 차분한 것으로 보아 간사이(關西) 지방의 맹인 음곡사(音曲師)가 연주하는 속요에서 들을 수 있는, 대가 굵은 샤미센인 것 같다.

어린 시절 집 앞에 요로즈야라는 술집이 있었는데, 그 집에 오쿠라라는 아가씨가 있었다. 오쿠라는 고요한 봄 정오가 지나면 반드시 나가우타[3] 연습을 한다. 연습이 시작되면 나는 뜰로 나간다. 열 평 남짓

한 차밭을 앞에 두고 소나무 세 그루가 객실 동쪽에 나란히 서 있다. 이 소나무는 둘레가 30센티미터쯤 되는 큰 나무로, 흥미롭게도 이 세 그루가 모여 비로소 정취 있는 모습을 만들어내고 있었다. 어린 마음에도 그 소나무를 보면 기분이 좋아졌다. 소나무 아래에 까맣게 녹슨 쇠로 된 등롱(燈籠)이, 언제 보아도 벽창호인 완고한 할아버지처럼 이름 모를 붉은 돌 위에 앉아 있다. 나는 이 등롱을 바라보는 것을 아주 좋아했다. 등롱 앞뒤에는 이름 모를 봄풀이 이끼가 짙게 낀 땅을 뚫고 나와, 속세의 바람은 아랑곳하지 않고 홀로 향기를 풍기며 즐기고 있다. 이 봄풀 속에 살짝 무릎을 들이밀 자리를 찾아 가만히 쭈그리고 앉아 있는 것이 그 무렵 나의 버릇이었다. 이 세 그루 소나무 아래에서 등롱을 바라보고, 풀 향기를 맡으면서, 멀리서 들려오는 오쿠라의 나가우타를 듣는 것이 당시 나의 일과였다.

오쿠라는 이미 붉은 댕기를 매는 시절도 지나 제법 살림꾼 티가 나는 얼굴을 계산대 앞에 드러내고 있을 것이다. 신랑과는 사이가 좋은지 모르겠다. 제비는 해마다 돌아와 부리에 진흙을 물고 분주하게 집을 짓고 있는지 모르겠다. 아무리 해도 제비와 술 냄새는 기억에서 떼어놓을 수가 없다.

세 그루의 소나무는 아직도 보기 좋게 남아 있는지 모르겠다. 쇠로 된 등롱은 이미 부서졌을 것이다. 봄풀은 옛날 그렇게 쭈그리고 앉아 있던 사람을 기억하고 있을까. 그때도 아무 말 없이 지났는데, 지금이라고 알아볼 리 없다. "나그네의 옷차림은 스즈카케[4]의"[5] 하고 날마다

3 에도 시대에 유행한 긴 속요. 보통 샤미센이나 피리를 반주로 한다.
4 수행자가 의복 위에 입는 삼베 법의.
5 나가우타 「간진초(勸進帳)」의 첫 구절.

부르던 오쿠라의 노랫소리도 설마 들은 기억이 있다고 하지는 않을 것이다.

샤미센 소리가 뜻밖의 파노라마를 내 눈앞에 전개하여, 그리운 과거, 20년 전의 천진난만한 아이로 돌아갔을 때, 갑자기 목욕탕 문이 드르륵 열렸다.

누가 왔나 하고 몸을 띄운 채 시선만 입구로 향한다. 입구에서 가장 멀리 떨어진 욕조 가장자리에 머리를 올리고 있었는지라 욕조를 내려오는 계단은 3미터쯤 떨어진 곳에서 비스듬히 내 시선에 들어온다. 하지만 올려다본 내 눈동자에는 아직 아무것도 비치지 않는다. 잠시 처마에서 떨어지는 낙숫물 소리만 들려온다. 샤미센 소리는 어느새 그쳤다.

얼마 후 계단 위에 누군가 나타났다. 넓은 목욕탕을 비추는 것은 허공에 매달린 작은 램프 하나뿐이어서 이 정도 거리라면 맑게 씻긴 공기 중에서도 분명히 알아보기가 힘들다. 하물며 자욱하게 피어오르는 김이 짙은 비에 눌려 빠져나갈 곳을 잃어버린 오늘 밤의 목욕탕 안에서 있는 사람이 누군지는 당연히 알기가 어렵다. 한 계단을 내려가 두 번째 계단을 밟고 서서 불빛을 정면으로 받고 있지 않다면 남자인지 여자인지도 알 수 없어 말을 걸 수가 없다.

거무스름한 것이 한 발짝 아래로 내려왔다. 밟고 있는 돌은 융단처럼 부드러운 듯, 발소리로 판단한다면 움직이지 않고 있다고 해도 무방할 것이다. 하지만 살짝 윤곽이 떠오른다. 나는 화공인 만큼 인체의 골격에 대해서는 의외로 시각이 예민하다. 무엇인지 알 수 없는 것이 한 계단 움직였을 때, 나는 이 목욕탕 안에 여자와 둘이 있다는 것을 깨달았다.

온천물에 뜬 채 주의를 주어야 할지 말아야 할지를 생각하는 사이, 여자의 그림자는 이미 온전히 내 앞에 나타났다. 넘쳐흐르는 김의 부드러운 광선을 한 분자마다 머금고, 담홍색으로 따스하게 보이는 그 안쪽에 떠도는 검은 머리를 구름처럼 드리우며, 날씬한 몸을 있는 힘을 다해 뻗은 여자의 모습이 보였을 때, 규범이니 예의범절이니 풍기(風紀)니 하는 느낌은 모조리 내 뇌리를 떠나 오로지 아름다운 화제(畵題)를 찾았다는 생각만 들었다.

고대 그리스의 조각은 어떨지 모르지만, 근세 프랑스의 화가가 목숨처럼 생각하는 나체화를 볼 때마다 너무나 노골적인 육체의 미를 극단적으로 다 묘사하려는 흔적이 생생하게 보여 어딘가 고상한 운치가 부족하다는 느낌이 지금까지 나를 괴롭혀왔다. 하지만 그때마다 단지 어딘가 천박하다고 평할 뿐이었지, 왜 천박한지를 알 수 없었기에 자신도 모르게 답을 찾으려고 번민하면서 오늘에 이르렀던 것이다. 육체를 가리면 아름다운 것이 감춰진다. 감추지 않으면 천해진다. 요즘의 나체화는 감추지 않아 천박하고 기교를 억제하지 않는다. 옷을 빼앗은 모습을 그대로 그리는 것만으로는 부족하다고 느끼는 것인지, 기어코 나체를 의관(衣冠)의 세계에서 내쫓으려 한다. 옷을 입는 것이 인간의 정상적인 모습이라는 것을 잊고 나체에 모든 권능을 부여하려고 한다. 십분으로 족할 것을 십이분으로, 십오분으로 끝까지 밀고 나아가 오로지 나체라는 느낌만을 강하게 그려내려고 한다. 기교가 이렇게 극단에 달했을 때, 기교가 보는 사람을 강제하면 추하다고 한다. 아름다운 것을 더욱더 아름답게 하려고 안달할 때, 아름다운 것은 오히려 그 정도가 떨어지는 것이 보통이다. 인간사에서 차면 기운다는 속담이 바로 이것을 말한다.

멍한 상태와 천진함은 여유를 나타낸다. 여유는 그림에서, 시에서, 또는 문장에서 필수 조건이다. 오늘날 예술의 한 가지 폐단은 이른바 문명의 조류가 쓸데없이 예술가를 몰아세워, 모든 것에서 구구하게 악착같도록 만들었다는 데 있다. 나체화는 그 좋은 예일 것이다. 도회에는 게이샤라는 존재가 있다. 색을 팔고 사람들에게 교태를 부리는 것으로 장사하고 있다. 그들은 손님을 대할 때 자신의 외모가 상대의 눈동자에 어떻게 비치는가를 고려하는 것 말고는 다른 어떤 표정도 보여주지 못한다. 해마다 보는 미술전람회의 목록은 이 예기(藝妓)를 닮은 나체 미인으로 가득 차 있다. 그들은 한순간도 자기가 나체임을 잊을 수 없을 뿐만 아니라 온몸의 근육을 씰룩거리면서 자신의 나체를 관람자에게 보여주려고 애쓴다.

지금 내 앞에 나긋나긋하고 아름답게 나타난 모습은, 속세의 때가 묻은 눈을 가릴 만한 것을 하나도 걸치고 있지 않다. 보통 사람이 몸에 걸친 옷을 벗어던진 모습이라면 이미 속계로 타락한 것이다. 처음부터 입어야 할 옷도, 달아야 할 소매도 있는 줄 모르는 신대(神代)의 모습을 구름 속에 불러일으킨 것처럼 자연스럽다.

실내를 가득 메운 김은 가득 찬 뒤에도 끊임없이 피어오른다. 봄밤의 불빛을 반투명으로 흩뜨려 목욕탕 가득한 무지개 세계가 진하게 흔들리는 가운데 몽롱하게, 까맣다고 생각될 정도의 머리를 이것이 까만색인가 싶을 만큼 뿌옇게 하며 순백의 모습이 구름 속에 점차 떠오른다. 이 윤곽을 보라.

목덜미 양쪽에서 가볍게 안쪽으로 좁혀들며 무리 없이 어깨 쪽으로 비스듬히 흘러내린 선이 넉넉하고, 둥글게 꺾어져 흘러내린 끝은 다섯 개의 손가락으로 갈라질 것이다. 봉긋하게 부풀어 오른 두 개의 가슴 아래에는 잠시 물러간 물결이 다시 매끄럽게 되살아나 아랫배의 팽팽함을 편안하게 해준다. 뻗어나가는 기세를 뒤로 물러 힘이 다하는 데서 갈라진 살이 균형을 유지하기 위해 살짝 앞으로 기운다. 거꾸로 힘을 받은 무릎이 이번에는 다시 세워지고 긴 물결이 발뒤꿈치에 이를 무렵 평평한 발은 모든 갈등을 두 발바닥에 편안하게 처리한다. 세상에 이처럼 복잡한 배합은 없다. 이처럼 통일성 있는 배합도 없다. 이처럼 자연스럽고, 이처럼 부드럽고, 이처럼 저항이 적은, 이처럼 부담 없는 윤곽은 결코 찾아볼 수 없다.

더구나 이 모습은 보통의 나체처럼 노골적으로 내 눈앞에 들이밀어진 것이 아니다. 모든 것을 그윽하게 만드는 일종의 영적인 분위기에서 아련하게, 충분한 미를 웅숭깊게 비춘 것에 지나지 않는다. 붓에 먹을 듬뿍 묻혀 힘찬 터치로 한 조각의 비늘을 그려 교룡의 기괴함을 종이와 붓 밖에서 상상하게 하는 것처럼, 예술적으로 보아 나무랄 데 없는 공기와 온기와 어둡게 멀어지는 표현을 갖추고 있다. 용의 비늘 하나하나를 꼼꼼하게 그린 그림이 우스꽝스러움으로 떨어지는 것이 사실이라면, 적나라한 살을 분명하게 보지 않아야 마음에 끌리는 여운이 있다. 나는 이 윤곽이 눈에 들어왔을 때 계수나무의 도읍에서 도망쳐온 달나라의 선녀가, 뒤쫓아 오는 무지개에 둘러싸여 잠시 주저하는 모습 같다고 생각했다.

윤곽은 점차 하얗게 떠오른다. 한 발짝만 더 내디디면 모처럼의 선녀도 가엾게 속계로 타락한다고 생각하는 찰나, 푸른 머릿결은 물결을 가르는 상서로운 거북의 꼬리처럼 바람을 일으키며 희미하게 나부꼈다. 소용돌이치며 피어오르는 김을 뚫고 하얀 모습은 계단을 뛰어오른다. 호호호호, 하는 여자의 날카로운 웃음소리가 복도에 울리며 조용한 목욕탕에서 점차 멀어져간다. 나는 뜨거운 탕 물을 꿀꺽 마신 채 욕조 안에서 상체를 일으켰다. 놀란 물결이 가슴에 닿는다. 가장자리를 넘쳐 흐르는 온천물 소리가 쏴아쏴아 울린다.

# 8

차를 대접받는다. 동석한 손님은 승려 한 분, 간카이지의 스님으로 이름은 다이테쓰라고 한다. 속인 한 사람은 스물네다섯쯤 되는 젊은 남자다.

노인의 방은 내 방의 복도를 따라 오른쪽 끝까지 가서 왼쪽으로 꺾어 막다른 곳에 있다. 방은 다다미 여섯 장 크기일 것이다. 큼직한 자단나무 책상이 한가운데에 놓여 있어 생각보다 옹색하다. 앉으라는 자리를 보니 방석 대신에 화려한 융단이 깔려 있다. 물론 중국제일 것이다. 한가운데는 육각형을 만들어 그 안에 묘한 집과 버드나무 무늬를 짜 넣었다. 둘레는 쇳빛에 가까운 남빛으로, 네 귀퉁이에 당초무늬를 장식한 갈색 고리만 남기고 모두 염색되어 있다. 중국에서도 이런 것을 방에서 썼는지 의심스럽지만, 이렇게 방석 대신 사용하니 굉장히 흥미롭다. 인도의 사라사[1]라든가 페르시아의 태피스트리[2]라는 것

1 다섯 가지 색을 이용해 날짐승과 들짐승, 꽃과 나무 또는 기하학적인 무늬를 물들인 피륙.

2 다채로운 염색실로 그림을 짜넣은 직물로 벽걸이나 휘장 등에 쓰인다.

이 살짝 어설픈 데에 가치가 있는 것처럼, 이 화려한 융단도 꼼꼼하지 않은 데에 정취가 있다. 화려한 융단만이 아니다. 중국의 기구는 다 어설프다. 아무래도 바보 같고 굼뜬 인종이 발명한 것이라고 생각할 수밖에 없다. 보고 있는 동안 멍해지는 점이 중요하다. 일본은 소매치기의 태도로 예술품을 만든다. 서양은 크고 섬세하며, 어디까지나 속된 마음을 버리지 못한다. 일단 이런 생각을 하면서 자리에 앉는다. 젊은 남자는 나와 나란히 앉아 화려한 융단의 절반을 점령했다.

스님은 호랑이 가죽 위에 앉았다. 호랑이 가죽의 꼬리가 내 무릎 옆을 지나가고, 머리는 노인의 엉덩이 밑에 깔려 있다. 노인은 머리털을 모조리 뽑아 볼과 턱에 이식한 듯이 허연 수염을 거추장스럽게 길렀고, 찻잔 받침에 올린 찻잔을 정성스럽게 탁자 위에 놓는다.

"오늘은 오랜만에 집에 손님이 오셔서 차를 대접하려고……"

이렇게 말하며 노인은 스님 쪽으로 시선을 돌렸다.

"아니, 사환까지 보내주어 고맙소. 나도 오랫동안 격조해서 오늘쯤 와볼까 하는 참이었소."

이 스님은 예순 가까운 나이로 둥근 얼굴에 달마를 초서로 갈겨놓은 것 같은 용모를 하고 있다. 노인과는 평소부터 절친한 사이인 것으로 보인다.

"이분이 손님이신가?"

노인은 머리를 끄덕이며 붉은 진흙으로 빚은 자기 찻주전자에서 초록을 머금은 호박색 차를 두세 방울씩 찻잔 바닥에 떨어뜨린다. 맑은 향기가 희미하게 코를 덮치는 기분이 들었다.

"이런 촌구석에 혼자 적적하시지요?"

스님이 곧장 나에게 물었다.

"뭐, 그렇지요."

이도 저도 아닌 요령부득의 대답을 한다. 적적하다고 하면 거짓말이다. 적적하지 않다고 하면 긴 설명이 필요하다.

"뭘요, 스님. 이분은 그림을 그리려고 오셔서 바쁘실 정도지요."

"아아, 그런가요? 그거 좋군요. 역시 남종파(南宗派)[3]인가요?"

"아니요."

이번에는 확실히 대답했다. 서양화라고 해도 이 스님은 알 수 없을 것이다.

"아니, 그 서양화라는 겁니다."

노인은 주인의 역할로 다시 반쯤 받아준다.

"아, 그렇군요, 서양화로군요. 그러면 저 규이치가 그리는 것 같은 그림인가? 나도 얼마 전에 처음으로 봤는데 상당히 예쁘게 그렸더군요."

"아뇨, 보잘것없습니다."

젊은 남자가 그제야 입을 열었다.

"네가 스님께 보여주었느냐?"

노인이 젊은 남자에게 묻는다. 말에서 보건 태도에서 보건 아무래도 친척인 것 같다.

"뭐, 보여드린 게 아니라 가가미가 연못에서 사생하고 있을 때 스님께서 보셨던 겁니다."

"음, 그래. 자, 차를 따랐으니 한 잔 드시지요."

노인은 찻잔을 각자 앞에 놓는다. 차의 양은 서너 방울에 지나지 않지만 찻잔은 엄청나게 크다. 남빛을 띤 쥐색 바탕에 그을린 붉은 빛과

3 수묵이나 담채로 산수를 부드러운 느낌이 나도록 그리는 화풍이다.

엷은 노란색으로, 그림인지 무늬인지 도깨비 얼굴 모양이라도 되는 것인지 전혀 짐작할 수 없는 것이 전면에 그려져 있다.

"모쿠베(杢兵衛)[4]입니다."

노인이 간단히 설명했다.

"이거 흥미롭군요."

나도 간단히 칭찬했다.

"모쿠베는 아무래도 가짜가 많아서…… 그 실굽을 한번 보세요. 이름이 새겨져 있으니까요."

찻잔을 들고 장지문 쪽을 향하고 본다. 장지문에는 화분에 심은 엽란의 그림자가 따사롭게 비치고 있다. 고개를 숙여 들여다보니 모쿠(杢)라는 글자가 조그맣게 보인다. 감상을 할 때 이름은 그렇게 중요한 것이라 생각하지 않지만, 호사가일수록 그것이 마음에 걸린다고 한다. 찻잔을 내려놓지 않고 그대로 입으로 가져갔다. 진하고 달며 적당한 온도로 데워진 무거운 이슬을 혀끝에 한 방울씩 떨어뜨려 맛을 보는 것은 한가한 사람의 마음에 맞는 풍류다. 보통 사람은 차를 마시는 것으로 알고 있는데 그것은 잘못이다. 혀끝에 똑 떨어뜨려 맑은 것이 사방으로 흩어지면 목구멍으로 내려갈 액체는 거의 없다. 그저 그윽한 향기가 식도에서 위로 스며들 뿐이다. 치아를 쓰는 것은 천하다. 물은 너무 가볍다. 옥로(玉露)인 차에 이르러서는 진하기가 담수의 영역을 벗어나 턱을 피곤하게 할 만큼 딱딱하지 않다. 좋은 음료다. 잠이 안 온다고 호소하는 자가 있다면, 설령 잠을 자지 못하더라도 차는 마시라고 권하고 싶다.

노인은 어느새 청옥(青玉)으로 만든 과자 접시를 내왔다. 커다란 덩

4 에도 후기의 도공 아오키 모쿠베(青木木米, 1767~1833)가 만든 찻잔.

어리를 이토록 얇게, 이토록 규칙적으로 도려낸 장인의 솜씨는 놀랄 만한 것이라고 생각한다. 빛에 비춰보니 봄볕이 온통 비쳐들고, 비쳐든 채 빠져나갈 길을 잃어버린 것 같은 느낌이다. 안에는 아무것도 담지 않는 게 좋다.

"손님께서 청자를 칭찬하셨으니 오늘은 조금만 보여드릴까 하고 내왔습니다."

"어떤 청자를…… 음, 그 과자 사발인가. 그건 나도 좋아하오. 그런데 선생, 서양화는 장지문에 붙일 수 없겠소? 붙일 수 있다면 하나 청하고 싶소만."

그려달라고 하면 그리지 못할 것도 없지만 이 스님의 마음에 들지 어떨지 알 수가 없다. 애써 그렸다가 서양화는 안 되겠다는 말을 듣기라도 하면 애쓴 보람이 없다.

"맹장지에는 어울리지 않겠지요."

"어울리지 않으려나. 그렇겠지, 저번에 본 규이치의 그림 같으면 너무 화려할지도 모르겠군."

"제 그림은 형편없습니다. 그건 완전히 장난으로 그린 겁니다."

젊은 남자는 자꾸만 부끄러워하며 겸손해한다.

"아까 말한 그 연못은 어디에 있습니까?"

나는 젊은 남자에게 확인하기 위해 물어본다.

"간카이지 뒤쪽 계곡에 있는데, 그윽하고 고요한 곳입니다…… 뭐 학교에 다닐 때 배웠으니까 심심풀이로 그려봤을 뿐입니다."

"간카이지라고 하면……"

"간카이지라고 하면, 내가 있는 곳이오. 좋은 곳이지. 바다를 한눈에 내려다볼 수도 있고…… 머물고 있을 때 잠깐 들르시오. 뭐 여기서 바로 5, 6백 미터니까. 보시오, 저 복도에서 절의 돌계단이 보일 거요."

"언제 한번 들러도 되겠습니까?"

"그럼, 되고말고요. 언제나 있으니까요. 이 댁 아가씨도 자주 온다오…… 아가씨 말이 나와서 말인데 오늘은 나미가 보이지 않는 것 같은데…… 무슨 일 있었소, 영감?"

"어디 나간 건가, 규이치? 너한테는 안 갔지?"

"아니요, 오지 않았습니다."

"또 혼자 산책 나갔나, 하하하. 나미는 다리가 꽤 튼튼해. 요전에 법회 일로 도나미에 갔더니 스가타미바시 다리 있는 데서, 아무래도 많이 닮았구나, 했더니 역시 나미야. 조리[5]를 신고 뒷자락을 걷어 허리에 지른 차림으로 느닷없이, 스님, 뭘 그리 꾸물거리며 어디 가세요, 하는 바람에 깜짝 놀랐다니까요, 하하하하. 너는 그런 차림으로 대체 어디 갔다 오느냐고 물었더니, 미나리 뜯으러 갔다 오는 길인데 스님께도 좀 드릴까요, 하면서 내 소맷자락에 흙투성이 미나리를 불쑥 집어넣고는, 하하하하."

"그거 참……"

노인은 쓴웃음을 지었지만, 갑자기 일어나 "실은 이걸 보여드릴 생각에" 하며 이야기를 다시 도구 쪽으로 돌렸다.

노인이 자단나무 서가에서 조심스럽게 끄집어낸, 고급 비단으로 만든 낡은 주머니는 어쩐지 묵직해 보인다.

"스님께는 보여준 적이 있지 않나요?"

"대체 뭐요?"

"벼루지요."

5 샌들처럼 생긴 신발.

"아, 어떤 벼룬가요?"

"라이 산요[6]가 애장했다는……"

"아니, 그건 아직 못 봤소."

"라이 슌스이[7]의 예비 덮개가 붙어 있는……"

"그건 아직 못 본 것 같은데. 어디 좀 봅시다."

노인이 소중하게 비단 주머니의 매듭을 풀자 팥색의 네모난 돌이 언뜻 모서리를 드러낸다.

"색조가 좋군요. 단계(端溪)[8]인가요?"

"단계인데 구욕안(鴝鵒眼)[9]이 아홉 개나 됩니다."

"아홉 개나요?"

스님이 무척 감동한 모양이다.

"이것이 슌스이의 예비 덮개입니다."

노인은 고급 비단을 붙인 얇은 덮개를 보여준다. 위에 슌스이의 글씨로 칠언절구가 쓰여 있다.

"역시 슌스이는 잘 써. 잘 쓰기는 한데, 글씨는 라이 교헤이[10]가 더 윗길이지."

"역시 교헤이가 더 낫나?"

"산요가 가장 서투른 것 같소. 아무래도 재사 기질이고 속취(俗臭)가 있어서 그리 바람직하지 않아요."

6 라이 산요(賴山陽, 1781~1832). 에도 후기의 역사가, 사상가, 문인이다.

7 라이 슌스이(賴春水, 1746~1816). 에도 중후기의 유학자이자 시인이며 라이 산요의 아버지다.

8 중국 광둥성 돤시(端溪)에서 나는 단계석으로 만든 벼루로 가장 품질이 좋은 것으로 평가된다.

9 단계 벼루의 표면에 있는 구욕새의 눈 모양 반점. 이 눈이 많은 벼루일수록 고급품으로 귀히 여겨진다.

10 라이 교헤이(賴杏坪, 1756~1834). 슌스이의 막내 동생이자 산요의 숙부.

"하하하하. 스님은 산요를 싫어하시니 오늘은 산요의 족자를 떼고 다른 걸 걸었습니다."

"정말이오?"

스님은 뒤를 돌아본다. 높게 만들지 않고 널빤지만 깐 도코노마가 거울처럼 윤이 나도록 닦여 있고, 녹이 슬기 시작한 오래된 구리 병에는 목련이 60센티미터 높이로 꽂혀 있다. 벽에는 그윽한 빛이 나는 고금란(古金襴)[11]에 공들여 장정한 부쓰 소라이[12]의 커다란 족자가 걸려 있다. 비단 천은 아니지만 다소 세월이 흘렀으므로 글자가 뛰어나고 못하고는 차치하고 종이의 색이 주위의 천과 잘 어울려 보인다. 그 금란도 막 짜냈을 때는 이렇게 그윽한 느낌이 없었을 텐데, 채색이 바래고 금사(金絲)가 가라앉고 화려한 데가 죽어 수수한 멋이 드러나면서 이토록 근사해졌을 것이다. 짙은 갈색의 모래로 겉을 바른 벽에 하얀 상아 족자가 눈에 띄게 양쪽에 버티고 있고, 그 앞에 예의 그 목련이 두둥실 떠올라 있는 것 외에 도코노마 전체의 정취는 너무 차분하여 오히려 음침한 느낌마저 주고 있다.

"소라이인가?"

스님이 족자를 향한 채 말한다.

"소라이도 그다지 좋아하시지 않을지 모르지만 산요보다는 나을 것 같아서요."

"그야 소라이 쪽이 훨씬 낫지. 교호(享保)[13] 시대 무렵 학자의 글씨는 서툴러도 어딘가 품위가 있거든."

11 근세 초기에 중국에서 건너왔다는 금란을 말한다. 금란은 황금실을 섞어 명주실로 무늬를 놓은 비단이다.

12 부쓰 소라이(物徂徠)는 에도 중기의 유학자 오규 소라이(荻生徂徠, 1666~1728)를 말한다.

13 1716년에서 1736년까지.

"고타쿠[14]를 일본의 명필이라 한다면, 자신은 한인(漢人)의 졸필밖에 안 된다고 말한 것은 소라이 아니었나요, 스님?"

"난 모르오. 그렇게 뽐낼 정도의 글씨도 아니고, 아하하하."

"그런데 스님은 누구한테 배운 건가요?"

"나 말인가요? 선승은 책도 읽지 않고 습자도 안 하니까요."

"하지만 누구한테든 배우긴 했을 거 아닙니까?"

"젊었을 때 고센의 글씨를 좀 공부한 적이 있어요. 그것뿐이오. 그래도 누가 부탁만 하면 언제든지 쓰지요. 아하하하. 그런데 그 단계 벼루나 한 번 봅시다."

스님이 재촉한다.

드디어 비단 주머니를 벗긴다. 모두의 시선이 벼루에 쏟아진다. 두께는 거의 6센티미터에 가까워 일반적인 벼루의 두 배는 될 것이다. 12센티미터의 폭과 18센티미터의 길이는 일단 평범하다고 해도 좋을 것이다. 덮개에는 비늘 모양으로 다듬은 소나무 껍질을 그대로 썼으며 위에는 주홍색으로 칠하고 알 수 없는 서체의 글자 두 개만 적어놓았다.

"이 덮개는."

노인이 말한다.

"이 덮개는 단순한 덮개가 아닙니다. 보시는 대로 소나무 껍질인 것은 틀림없지만……"

노인의 눈은 내 쪽을 향하고 있다. 하지만 소나무 껍질 덮개에 어떤 내력이 있든 화공인 나로서는 그다지 감복할 수 없어 이렇게 말했다.

"소나무 껍질 덮개는 좀 속돼 보이는데요."

14 호소이 고타쿠(細井廣澤, 1658~1736). 에도 시대 중기의 유학자, 서예가, 전각가.

노인은 아니, 하고 뭔가 말하려는 듯 손을 들었다.

"단순한 소나무 껍질 덮개라고만 해서는 속될 수도 있지만, 이건 뭐랄까, 산요가 히로시마에 있을 때 뜰에 심었던 소나무의 껍질을 벗겨서 손수 만든 겁니다."

"어차피 자기가 만들 거라면 좀 더 서툴게 만들 수도 있었을 것 같은데요. 굳이 이렇게 비늘 모양 같은 걸 반들반들 윤을 내지 않아도 좋았을 것 같지 않습니까?"

역시 산요는 속된 남자라 생각했기에 기탄없이 말해버렸다.

"아하하하. 그렇지요, 이 덮개는 좀 싸구려 같네요."

스님은 곧바로 나의 의견에 찬성했다.

젊은 남자는 안됐다는 듯이 노인의 얼굴을 쳐다본다. 노인은 다소 언짢다는 듯이 덮개를 치웠다. 그 밑에서 드디어 벼루가 정체를 드러낸다.

만약 이 벼루에 사람들의 눈을 끌 만한 특이한 점이 있다면 그 표면에 나타난 장인(匠人)의 조각일 것이다. 한복판에 회중시계쯤 되는 크기로 동그랗게, 테두리와 거의 같은 높이로, 파지 않고 남겨둔 부분이 있는데, 이는 거미의 등을 나타낸다. 중앙에서 사방을 향해 여덟 개의 다리가 활 모양으로 뻗어 있는데, 각각의 끝에 구욕안을 품고 있다. 나머지 한 개는 등 한복판에 노란 즙을 떨어뜨린 것처럼 번져 보인다. 등과 다리와 테두리를 남기고 나머지 부분은 거의 3센티미터 깊이로 파여 있다. 설마 이 참호 속이 먹물을 담는 곳은 아닐 것이다. 설사 한 홉의 물을 붓는다고 해도 이 깊이를 채우기에는 부족하다. 생각건대 연적에서 한 방울의 물을 은국자로 떠서 거미 등에 떨어뜨리고 그것으로 귀한 먹을 갈 것이다. 그렇지 않다면 이름은 벼루라 해도 실상

순전한 문방용 장식품에 지나지 않는다.

노인은 침을 흘리는 듯한 입으로 말한다.

"이 촉감과 이 눈을 보세요."

과연 보면 볼수록 훌륭한 빛깔이다. 차가운 윤택이 나는 표면에 후우 하고 입김을 한 번 불면 곧바로 김이 서려 구름을 일으킬 것만 같다. 특히 놀랄 만한 것은 눈의 빛깔이다. 눈의 빛깔이라기보다 눈과 바탕이 엇갈리는 부분의 색이 점차 바뀌어, 언제 바뀌었는지 거의 내 눈이 속았다는 것조차 발견할 수 없다는 점이다. 형용해보면 보랏빛 양갱병(餠) 속의 강낭콩이 비쳐 보일 만큼의 깊이에 집어넣어진 것 같다. 눈이라면 한두 개라도 무척 귀하게 여긴다. 아홉 개라면 거의 유례를 찾아볼 수 없을 것이다. 게다가 그 아홉 개가 정연하게 같은 거리에 안배되어 있어, 마치 인공적으로 만든 보석으로 착각될 정도이니 만큼 천하일품으로 인정하지 않을 수 없다.

"역시 좋군요. 보는 것만으로 기분이 좋아질 뿐 아니라 이렇게 만져 보기만 해도 기분이 좋습니다."

나는 이렇게 말하면서 옆에 앉아 있는 젊은 남자에게 벼루를 건넸다.

"규이치, 네가 그런 걸 알려나?"

노인이 웃으면서 물어본다.

"모릅니다."

규이치는 다소 홧김에 내뱉듯이 이렇게 말했지만, 잘 모르는 벼루를 자기 앞에 두고 바라보고는 죄스러운 마음이 들었는지 다시 나에게 돌려주었다. 나는 다시 한 번 주의 깊게 만져본 뒤 결국 공손하게 스님에게 돌려주었다. 스님은 신중하게 손바닥에 올려놓고 들여다보더니, 그것으로 성에 차지 않았는지 쥐색의 무명 옷소매로 열심히 거미의 등을 문질러 광택이 나는 곳을 계속해서 완상하고 있다.

"영감, 정말 이 빛깔이 아주 좋군요. 써본 적이 있소?"

"아니요, 함부로 쓰고 싶지 않아서, 아직 샀을 때 그대롭니다."

"그렇겠지. 이런 건 중국에서도 드물 것 같은데, 그렇지 않소, 영감?"

"그렇습니다."

"나도 하나 갖고 싶은데. 괜찮다면 규이치한테 부탁해볼까? 어떤가, 사다줄 수 있겠나?"

"헤헤헤헤. 벼루는 찾지도 못하고 죽을 것 같습니다."

"정말 벼루를 구할 계제가 아니겠구먼. 그런데 언제 떠나지?"

"2, 3일 안에 떠납니다."

"영감, 요시다까지 바래다주시오."

"평소라면 나이도 들었고 하니 그만두겠지만, 다시 못 볼지도 모르니까 바래다줄 생각입니다."

"백부님은 바래다주시지 않아도 괜찮습니다."

젊은 남자는 이 노인의 조카인 듯하다. 과연 어딘가 닮았다.

"아니, 바래다달라고 하는 게 좋아. 물윗배로 가면 간단한 일이니까. 그렇지 않소, 영감?"

"예, 산을 넘는 건 어려운 일이겠지만 에둘러 가는 길이라도 배라면……"

이번에는 젊은 남자도 그다지 사양하지 않는다. 그저 잠자코 있을 뿐이다.

"중국 쪽으로 갑니까?"

내가 슬쩍 물어보았다.

"예."

'예'라는 한 마디 대답으로는 좀 미흡했지만 더 이상 파고들 필요도 없으니 그만두었다. 장지문을 보니 난초 그림자의 위치가 조금 바뀌어 있다.

"뭐 역시 이번 전쟁으로…… 이 사람이 원래 지원했으니까, 그래서 소집된 거지요."

노인은 당사자를 대신하여 며칠 안에 만주 벌판으로 출정해야 할 이 청년의 운명을 나에게 말해주었다. 이런 꿈같은, 시 같은 봄 마을에, 우는 것은 새, 떨어지는 것은 꽃잎, 솟는 것은 온천뿐이라고만 생각하고 있던 것은 잘못이다. 현실 세계는 산을 넘어, 바다를 건너 헤이케의 후예만이 오랫동안 살아온 외진 마을까지 다가온다.[15] 중국 북방의 광야를 물들일 피의 몇만 분의 일이 이 청년의 동맥에서 내뿜어질 때가 올지도 모른다. 이 청년의 허리에 드리워진 긴 칼끝에서 피바람이 되어 불지도 모른다. 하지만 이 청년은 꿈꾸는 일에서만 인생의 어떤 가치를 찾으려는 한 화공 옆에 앉아 있다. 귀를 기울이면 그의 가슴에 고동치는 심장 소리를 들을 수 있을 만큼 가까이 앉아 있다. 그 고동 속에는 천리의 평야를 휘감는 높은 물결이 지금도 울리고 있을지 모른다. 운명은 돌연 이 두 사람을 한 집에서 만나게 했을 뿐, 그 밖에는 아무것도 말하지 않는다.

15 헤이안 시대 일본에서 벌어진 내전인 겐페이(源平) 전쟁(1180~1185)에서 패한 헤이케(平家)의 후예들이 일본 각지에 촌락을 만들어 숨어 살고 있다는 전설이 전승되고 있다.

# 9

"공부하세요?"

여인이 말한다. 방으로 돌아온 나는 삼각의자에 묶어둔 책 한 권을 꺼내 읽고 있었다.

"들어오세요. 괜찮습니다."

여인은 주저하는 기색도 없이 서슴지 않고 들어온다. 수수한 옷깃 안으로, 보기 좋은 목의 살빛이 산뜻하게 드러나 있다. 여인이 내 앞에 앉았을 때 이 목과 옷깃의 대조가 가장 먼저 눈에 들어왔다.

"서양 책인가요? 어려운 것이 쓰여 있겠네요."

"아니……"

"그럼 뭐가 쓰여 있는데요?"

"글쎄요. 사실 저도 잘 모릅니다."

"호호호호. 그래서 공부하시는 거예요?"

"공부하는 게 아닙니다. 그냥 책상에 이렇게 펼치고, 펼쳐진 데를 적당히 읽고 있는 겁니다."

"그래, 재미있나요?"
"그게 재미있습니다."
"왜요?"
"왜라니요, 소설 같은 건 이렇게 읽는 게 재미있습니다."
"상당히 별나시네요."
"네, 좀 별납니다."
"처음부터 읽으면 왜 좋지 않은데요?"
"처음부터 읽지 않으면 안 된다면, 끝까지 읽지 않으면 안 되는 것이 되니까요."
"묘한 논리네요. 끝까지 읽어도 되는 거 아닌가요?"
"물론 나쁘지는 않지요. 줄거리를 읽을 생각이라면 저도 그렇게 합니다."
"줄거리를 읽지 않으면 뭘 읽으시는데요? 줄거리 말고 읽을 게 뭐가 있는 건데요?"
역시 여자구나 하고 생각했다. 다소 시험해보고 싶은 마음이 든다.
"소설 좋아하세요?"
"저요?"
말을 끊은 여인은 "글쎄요" 하며 확실치 않은 대답을 했다. 그리 좋아하지 않는 것 같다.
"좋아하는지 싫어하는지 자신도 모르는 거 아닌가요?"
"소설 같은 건 읽은들, 읽지 않은들……"
소설의 존재 같은 건 전혀 인정하지 않는 것처럼 보인다.
"그럼 처음부터 읽은들, 끝에서부터 읽은들, 적당한 데를 적당히 읽은들 괜찮은 거 아닌가요? 그리 이상하게 보지 않아도 되지 않을까요?"

"그래도 당신과 저는 다르잖아요."

"어디가요?"

나는 여인의 눈 속을 뚫어지게 보았다. 시험을 하는 것은 나라고 생각했으나 여자의 눈동자는 미동도 하지 않는다.

"호호호호, 모르시겠어요?"

"하지만 젊었을 때는 꽤나 읽지 않았나요?"

나는 외길로 밀어붙이는 것을 그만두고 살짝 뒤로 돌았다.

"지금도 젊다고 생각하는데요, 가엾게도."

이야기의 중심이 딴 데로 돌려진다. 조금도 방심할 수 없다.

"남자 앞에서 그런 말을 할 수 있으면 이미 늙은이에 속하지요."

간신히 화제를 되돌렸다.

"그렇게 말씀하시는 당신도 꽤 늙은이 아닌가요? 그 나이가 되어도 역시 홀딱 반했다는 둥 여드름이 났다는 둥 하는 이야기가 재미있습니까?"

"예, 재미있어요. 죽을 때까지 재미있습니다."

"어머, 그래요? 그래서 화공 같은 사람이 될 수 있었군요."

"정말 그렇습니다. 화공이라 소설 같은 걸 처음부터 끝까지 읽을 필요는 없는 겁니다. 하지만 어디를 읽어도 재미있습니다. 당신과 이야기를 하는 것도 재미있습니다. 여기에 묵고 있는 동안은 매일 이야기를 나누고 싶을 정도입니다. 원한다면 당신에게 반해도 좋습니다. 그렇게 되면 더욱 재미있겠지요. 하지만 아무리 반해도 당신과 부부가 될 필요는 없습니다. 반해서 부부가 될 필요가 있을 때는 소설을 처음부터 끝까지 읽을 필요가 있는 겁니다."

"그렇다면 몰인정하게 반하는 이가 화공인 거네요?"

"몰인정한 게 아닙니다. 비인정(非人情)하게 반하는 겁니다. 소설도 비인정으로 읽기 때문에 줄거리 같은 건 아무래도 좋은 겁니다. 이렇게 제비를 뽑는 것처럼 착 펴서 펼쳐진 곳을 멍하니 읽는 것이 재미있습니다."

"정말 재미있을 것 같네요. 그럼 지금 당신이 읽고 있는 데를 좀 얘기해주세요. 어떤 재미있는 것이 나오는지 듣고 싶어요."

"이야기하면 안 됩니다. 그림도 이야기로 하면 한 푼의 가치도 없어지지 않습니까?"

"호호호, 그럼 읽어주세요."

"영어로 말인가요?"

"아뇨, 일본어로요."

"영어를 일본어로 읽는 건 힘든데."

"괜찮잖아요, 비인정해서."

이것도 한 가지 재미일 것 같아 나는 여인의 청에 응하여 그 책을 띄엄띄엄 일본어로 읽기 시작했다. 만약 세계에 비인정한 읽기 방식이 있다면 바로 이것일 것이다. 듣는 여인도 물론 비인정으로 듣고 있다.

"연정의 바람이 여자에게서 분다. 목소리에서, 눈에서, 살결에서 분다. 남자의 부축을 받고 선미(船尾)로 가는 여자는 저무는 베네치아를 바라보기 위함인가, 부축하는 남자는 자신의 맥에 번개의 피를 통하게 하기 위함인가…… 비인정이니까 적당히 읽는 겁니다. 군데군데 빠뜨릴지도 모릅니다."[1]

1 이하의 이야기는 19세기 영국의 소설가이자 시인인 조지 메러디스(George Meredith, 1828~1909)의 작품 중 일부.

"괜찮아요. 되는대로 보태도 상관없어요."

"여자는 남자와 나란히 뱃전에 기댄다. 두 사람 사이는 바람에 나부끼는 리본의 폭보다 가깝다. 여자는 남자와 함께 베네치아에 안녕을 고한다. 베네치아 도제(Doge)[2]의 우뚝 솟은 궁전은 지금 제2의 일몰처럼 불그스름하게 사라져간다……"

"도제란 뭔가요?"

"뭐든 무슨 상관이에요. 옛날 베네치아를 지배한 사람의 이름이에요. 몇 대나 계속 이어졌더라, 그 궁전이 지금도 베네치아에 남아 있어요."

"그런데 그 남자와 여자는 누구를 말하는 거죠?"

"누군지 저도 모릅니다. 그러니까 재미있는 겁니다. 지금까지의 관계 같은 건 아무래도 좋고 말이지요. 그냥 당신과 저처럼 이렇게 같이 있는 장면인데, 그 자리만의 이야기라서 재미가 있는 겁니다."

"그런 건가요? 어쩐지 배 안에 있는 것 같네요."

"배든 언덕이든 쓰여 있는 대로면 됩니다. 왜냐고 물으면 탐정이 되고 맙니다."

"호호호호, 그럼 묻지 않을게요."

"보통의 소설은 다 탐정이 발명한 겁니다. 비인정한 데가 없으니까 전혀 정취가 없지요."

"그럼 비인정 다음을 듣지요. 다음은요?"

"베네치아는 가라앉고 또 가라앉아 하늘에 그은 하나의 엷은 선이 된다. 선은 끊어진다. 끊어져 점이 된다. 오팔 같은 하늘에 둥근 기둥

2 라틴어 '둑스(dux)'에서 온 말로서 '지도자'라는 뜻이다. 역사적으로는 베네치아나 제노바 등 중세 이탈리아 도시국가의 수장(首長)을 가리키나 보통은 베네치아의 수장으로 통용된다.

이 여기저기에 선다. 마침내 가장 높게 우뚝 솟은 종루가 가라앉는다. 가라앉았다, 고 여자가 말한다. 베네치아를 떠나는 여자의 마음은 하늘을 가르는 바람처럼 자유롭다. 하지만 숨겨진 베네치아는 다시 돌아가야 하는 여자의 마음에 자유를 구속당하는 고통을 준다. 남자와 여자는 어둑한 만 쪽에 시선을 준다. 별은 점차 늘어난다. 잔잔하게 흔들리는 바다는 거품을 뿜지 않는다. 남자는 여자의 손을 잡는다. 울음을 멈추지 않는 활시위를 쥔 기분이다……"

"그다지 비인정도 아닌 것 같네요."

"아니, 이런 게 비인정으로 들리는 겁니다. 하지만 싫으면 약간 생략할까요?"

"뭐, 저는 괜찮습니다."

"전 당신보다 더 괜찮습니다…… 그리고 저어, 좀 어려워졌네요. 아무래도 번역하기가, 아니 읽기가 어렵네요."

"읽기 어려우면 생략하세요."

"예, 적당히 하지요…… 오늘 하룻밤이라고 여자가 말한다. 하룻밤? 하고 남자가 묻는다. 하루로 끝날 수 없고 며칠 밤을 거듭해서라고 말한다."

"여자가 말하는 건가요, 남자가 말하는 건가요?"

"남자가 말하는 겁니다. 어쩌면 여자가 베네치아로 돌아가고 싶지 않은 거지요. 그래서 남자가 위로하는 말입니다…… 한밤중 갑판의 돛대 줄을 베개 삼아 누워 있는 남자의 기억에는 그 순간, 뜨거운 한 방울의 피를 닮은 순간, 여자의 손을 꼭 잡은 순간이 큰 파도처럼 흔들린다. 남자는 캄캄한 밤을 올려다보며 강요된 결혼이라는 구렁에서 꼭 여자를 구하겠다고 마음먹는다. 이렇게 마음먹은 남자는 눈을 감는다……”

“여자는요?”

“여자는 길을 잃고 헤매면서 어디를 헤매는지도 모르는 모양이다. 휩쓸려 하늘을 나는 사람처럼 그저 불가사의한 천만무량(千萬無量)…… 그다음이 좀 읽기 어렵네요. 아무래도 구절이 잘 만들어지지 않네요…… 그저 불가사의한 천만무량…… 뭔가 동사는 없을까요?”

“동사 같은 게 무슨 필요가 있겠어요? 그걸로 충분해요.”

“예?”

쾅 하는 소리가 나더니 산의 나무가 모조리 운다. 엉겁결에 얼굴을 마주하자 책상 위의 작은 꽃병에 꽂아둔 동백꽃이 흔들흔들 흔들린다.

“지진!”

작은 소리로 이렇게 외친 여인은 무릎을 펴고 편한 자세로 내 책상에 기댄다. 두 사람의 몸이 닿을 듯 말 듯 움직인다. 파드득 하는 날카로운 소리로 날갯짓을 하며 꿩 한 마리가 수풀 속에서 날아오른다.

“꿩이.”

나는 창밖을 보며 말한다.

“어디요?”

여자는 흐트러진 몸으로 바짝 다가온다. 내 얼굴과 여인의 얼굴이 닿을 만큼 가까워진다. 작은 콧구멍에서 나오는 여인의 숨결이 내 수염에 닿았다.

“비인정이네요.”

여자는 곧 앉음새를 고치면서 단호하게 말한다.

“물론이죠.”

말이 떨어지자마자 나는 대답했다.

바위의 움푹 들어간 곳에 괸 봄물이 놀라 너울너울 느리게 움직이고 있다. 깊은 곳까지 넘치도록 머금은 물결이 지반의 울림에 의해 움직이는 것이어서 표면이 불규칙하게 곡선을 그릴 뿐 물결이 부서지는 부분은 어디에도 없다. 원만하게 움직인다는 말이 있다면, 이런 경우에 쓸 수 있을 것이다. 차분하게 그림자를 담그고 있던 산벚나무가 물과 함께 늘어났다 줄어들었다, 구부러졌다 펴졌다 한다. 하지만 어떻게 변화해도 역시 벚나무의 모습을 확실히 유지하고 있는 것이 대단히 재미있다.

"이놈은 유쾌하네요. 예쁘고 변화가 있어서요. 이런 식으로 움직이지 않으면 재미없지요."

"사람도 그런 식으로만 움직이면 아무리 움직여도 괜찮지요."

"비인정이 아니면 이렇게 움직일 수는 없습니다."

"호호호호, 비인정을 어지간히 좋아하시는군요."

"당신도 싫어하는 편은 아닐 겁니다. 어제의 후리소데 같은 건……"

"뭔가 상을 주세요."

여인이 갑자기 어리광을 부리듯 말했다.

"그건 왜요?"

"보고 싶다고 해서 일부러 보여드린 거잖아요."

"제가 말인가요?"

"산을 넘어오신 그림 그리는 선생님이 찻집 할머니한테 일부러 부탁을 했다고 하던데요."

나는 뭐라 대답해야 좋을지 몰라 잠시 인사말이 나오지 않았다. 여인은 사이를 두지 않고 다시 말을 이었다.

"이렇게 잘 잊어버리는 사람한테는 아무리 성심을 다해도 소용이 없네요."

비웃는 것처럼, 원망하는 것처럼, 또는 정면으로 대드는 것처럼 두 개의 화살을 쏘았다. 점차 전세가 나빠지는데 어디서 만회해야 할지, 일단 기선을 제압당하고 보니 좀처럼 틈이 보이지 않는다.

"그럼 어젯밤 목욕탕에서 있었던 일도 바로 그 친절함에서 나온 건가요?"

아슬아슬한 데서 간신히 다시 일으킨다.

여인은 잠자코 있다.

"정말 죄송합니다. 답례로 뭘 드릴까요?"

되도록 앞서 나간다. 아무리 나가도 아무런 반응이 없다. 여인은 시치미를 뗀 얼굴로 다이테쓰 스님의 액자를 바라보고 있다.

"죽영불계진부동(竹影拂階塵不動, 대 그림자 섬돌을 쓸건만 먼지는 일지 않고)."

이윽고 입속으로 조용히 이렇게 읊고는 다시 나에게 몸을 돌리더니 갑자기 생각난 듯이 일부러 큰 소리로 물었다.

"뭐라고 했나요?"

그 수에는 넘어가지 않는다.

"그 스님은 아까 만났습니다."

지진에 흔들린 못물처럼 원만한 움직임을 보여준다.

"간카이지의 스님이요? 뚱뚱하죠?"

"장지에 서양화를 그려달라고 합디다. 선승은 원래 그렇게 영문 모를 소리를 하는 모양이지요."

"그러니 그렇게 살이 찌겠지요."

"그리고 또 젊은이 한 사람을 만났습니다……"

"규이치 말이지요?"

"예, 규이치 군입니다."

"잘 아시는군요."

"뭐 규이치 군만 알고 있습니다. 그밖에는 아무것도 모릅니다. 말하는 걸 싫어하는 사람이더군요."

"아니, 삼가는 겁니다. 아직 어린애라서……"

"어린애라뇨, 당신과 비슷한 나이 아닌가요?"

"호호호호, 그래 보여요? 그애는 제 사촌동생인데, 이번에 전장에 나간다고 작별 인사를 하러 온 거예요."

"여기에 묵고 있습니까?"

"아니요, 오라버니 집에 있어요."

"그럼, 일부러 차를 마시러 온 거네요."

"차보다 온천을 좋아해요. 아버지도 그만두면 좋을 텐데 자꾸 부르니까요. 발이 저려 혼났지요? 제가 있었으면 중간에 돌려보냈을 텐데……"

"당신은 어디 있었습니까? 스님이 묻던데요. 또 혼자 산책이냐면서."

"네, 가가미가 연못 쪽을 돌다 왔어요."

"그 가가미가 연못은 저도 가보고 싶은데요……"

"가보세요."

"그림 그리기 좋은 곳인가요?"

"몸 던지기에 좋은 곳이지요."

"아직은 그리 쉽사리 몸을 던지진 않을 생각입니다."

"저는 머지않아 던질지도 몰라요."

여자로서는 너무 당돌한 농담이라 나는 문득 얼굴을 들었다. 여인은 의외로 멀쩡하다.

"제가 몸을 던져 떠 있는 장면을, 괴로워하며 떠 있는 게 아니라 편하게 죽어서 떠 있는 장면을 예쁘게 그려주세요."

"예?"

"놀랐죠? 놀랐죠? 정말 놀랐지요?"

여인은 훌쩍 일어선다. 세 걸음이면 닿는 방 입구를 나갈 때 뒤를 돌아보며 생긋 웃었다. 나는 한참을 멍하니 있었다.

# 10

가가미가 연못에 가본다. 간카이지 뒷길의 삼나무 숲 사이 계곡으로 내려가 건너편 산으로 오르기 전에 길은 두 갈래로 갈라지는데, 그곳이 자연스럽게 가가미가 연못 주위가 된다. 연못 가장자리에는 얼룩조릿대가 많다. 어떤 곳은 양쪽에 무성하게 자라 있어 소리를 내지 않고는 지나갈 수가 없다. 나무 사이로 보면 연못의 물은 보이지만 어디에서 시작되어 어디에서 끝나는지, 일단 돌아보지 않으면 짐작할 수가 없다. 걸어보니 의외로 작다. 3백 미터도 안 될 것 같다. 하지만 아주 불규칙한 모양이고, 물가에는 군데군데 바위가 자연 그대로 가로놓여 있다. 연못 형태가 형언하기 힘들게 물결치며 가장자리의 높이도 불규칙하게 다양한 기복을 이루고 있다.

연못을 둘러싼 곳에 잡목이 많다. 몇백 그루나 되는지 헤아릴 수가 없다. 그중에는 아직 봄의 새싹을 틔우지 못한 것도 있다. 가지가 비교적 무성하지 않은 곳은 여전히 화창한 봄볕을 받아 나무 그늘에 돋는 잡초도 싹을 틔웠다. 콩제비꽃의 엷은 그림자가 잡초 사이로 언뜻 언뜻 보인다.

일본의 제비꽃은 자고 있는 느낌이다. "하늘에서 내려온 것처럼 기이한"이라고 형용한 서양인의 표현은 도무지 맞지 않다. 이런 생각을 하자마자 내 발이 멈췄다. 발길을 멈추면 싫증이 날 때까지 그 자리에 있게 된다. 그렇게 있을 수 있는 사람은 행복하다. 도쿄에서 그렇게 하면 금방 전차에 치여 죽는다. 전차가 죽이지 않으면 순사가 내쫓는다. 도회는 태평한 백성을 거지로 오인하고, 소매치기의 두목인 탐정에게 많은 월급을 주는 곳이다.

나는 풀을 요 삼아 태평한 엉덩이를 살짝 내려놓았다. 이런 곳이라면 대엿새 움직이지 않고 이대로 있어도 아무도 불평할 것 같지 않다. 자연의 고마움은 여기에 있다. 정작 때가 오면 사정도 미련도 두지 않지만, 그 대신 사람에 따라 달리 취급하는 경박한 태도는 조금도 보이지 않는다. 이와사키나 미쓰이[1]를 안중에 두지 않는 자는 얼마든지 있다. 예나 지금이나 제왕의 권위에 아랑곳하지 않고 냉담할 수 있는 것은 자연뿐일 것이다. 자연의 덕은 속세를 높이 초월하여 절대의 평등관을 광대무변하게 수립하고 있다. 천하의 보잘것없는 것들을 불러모아 쓸데없이 타이몬[2]의 분노를 사기보다는 난(蘭)을 구원(九畹)에 뿌리고 혜초(蕙草)를 백휴(百畦)에 심어 그 속에서 혼자 생활하는 것이 득책이다.[3] 세상은 공평무사(公平無私)하다고 한다. 그토록 중요한 것이라면 하루에 천 명의 좀도둑을 살육하여 그 시체로 들판 가득한

1 이와사키는 미쓰비시(三菱) 재벌의 창립자이며 미쓰이(三井)는 미쓰이 재벌을 가리킨다.

2 전설 속에 등장하는 아테네 사람으로 극단적인 인간 불신자로 알려져 있다. 그를 주인공으로 한 셰익스피어의 희곡이 「아테네의 타이몬(Timon of Athens)」이다.

3 굴원의 『초사(楚辭)』에 나오는 구절이다. 난이나 혜초는 향초이고, 원(畹)과 휴(畦)는 토지의 면적 단위다.

화초를 키우는 것이 좋을 것이다.

어쩐지 생각이 이론에 빠져 정말 시시해졌다. 중학생 정도의 이런 명상을 연마하려고 일부러 가가미가 연못까지 온 게 아니다. 소맷자락에서 담배를 꺼내 성냥을 긋는다. 반응은 있었으나 불은 보이지 않는다. 시키시마[4] 담배 끝에 불을 붙여 빨아보니 코에서 연기가 나왔다. 역시 빨았구나, 하고 간신히 깨달았다. 성냥은 짧은 풀 속에서 잠깐 우룡(雨龍)[5] 모양의 가느다란 연기를 토하고 금세 적멸했다. 자리를 옮겨 점점 물가로 가본다. 나의 요는 자연 그대로의 연못 안으로 흘러들어 발을 담그면 미지근한 물에 닿을지도 모르는 데서 멈춘다. 물속을 들여다본다.

눈이 닿는 곳은 그다지 깊은 것 같지 않다. 밑바닥에는 가늘고 긴 물풀이 왕생(往生)하여 가라앉아 있다. 나는 왕생이라고 표현하는 것 말고는 달리 형용할 말을 알지 못한다. 언덕의 참억새라면 나부낄 줄 안다. 수초라면 이끄는 물결의 인정을 기다린다. 백 년을 기다려도 움직일 것 같지 않은 물밑에 가라앉은 수초는 움직여야 할 모든 자세를 갖추고 아침저녁으로 희롱당할 때를 기다리며, 밤새도록 기다리며, 여러 세대의 생각을 줄기 끝에 담으면서 지금에 이르기까지 끝내 움직이지 못하고 또 죽지도 못하고 살고 있는 것 같다.

나는 일어나 풀 속에서 손에 쥐기에 알맞은 돌 두 개를 줍는다. 공덕이 되리라 생각하고 하나를 눈앞에 던진다. 부글부글 거품 두 개가 올라오더니 금세 사라졌다. 금세 사라졌다, 금세 사라졌다, 하고 나는 마음속으로 되풀이한다. 들여다보니 세 가닥 정도의 긴 머리카락이

4 1900년대 초 일본에서 판매되던 고급 담배 이름.

5 상상의 동물로 뿔이 없고 도마뱀 비슷한 모양의 용.

나른하게 흔들리고 있다. 들켜서는 안 된다는 것처럼 탁한 물이 밑바닥 쪽에서 숨기러 온다. 나무아미타불.

이번에는 힘껏 한가운데로 던진다. 퐁당, 하고 희미한 소리가 났다. 조용한 것은 결코 서로 상관하지 않는다. 이제 던질 마음도 없어졌다. 그림 도구 상자와 모자를 둔 채 오른쪽으로 돈다.

3, 4미터쯤 비탈진 언덕을 오른다. 커다란 나무가 머리 위를 덮고 있어 갑자기 몸이 추워진다. 건너편 물가의 어둑한 곳에 동백꽃이 피어 있다. 동백 잎은 녹색이 너무 진해서 낮에 봐도, 양지에서 봐도 경쾌한 느낌이 없다. 특히 이 동백나무는 바위 모서리에서 안쪽으로 5미터쯤 들어간 곳에, 꽃이 없다면 뭐가 있는지 알 수도 없는 곳에 고요히 자리 잡고 있다. 그 꽃이! 하루 종일 헤아려도 물론 다 헤아릴 수 없을 만큼 많다. 하지만 눈에 띄면 반드시 헤아리고 싶어질 만큼 선명하다. 그저 선명하기만 할 뿐 전혀 밝은 느낌이 없다. 확 불타는 듯해서 무심코 마음을 빼앗기고, 그다음에는 어쩐지 황량해진다. 그것만큼 사람을 속이는 꽃은 없다. 나는 깊은 산속의 동백을 볼 때마다 늘 요녀의 모습을 연상한다. 검은 눈으로 사람을 낚아채고 아무도 모르게 요염한 독을 혈관에 불어넣는다. 속았다는 걸 알았을 때는 이미 늦다. 건너편 동백이 눈에 들어왔을 때 나는 아아, 보지 않았으면 좋았을걸, 하고 생각했다. 저 꽃의 빛깔은 단순한 빨강이 아니다. 눈을 번쩍 뜨게 할 만큼의 화려함 속에 말로 할 수 없는 차분한 분위기를 띠고 있다. 초연하게 시들어가는 빗속의 배꽃을 보면 그저 가련한 느낌이 든다. 차갑고 요염한 달빛 아래의 해당화를 보면 그저 사랑스러운 마음이 인다. 차분히 가라앉아 있는 동백과는 전혀 다르다. 거무스름하니 독기가 있는, 어쩐지 두려움을 느끼게 하는 분위기다. 이런 분위기를

속에 품고 있으면서 겉으로는 어디까지나 화려하게 치장하고 있다. 게다가 사람에게 아양을 떠는 모습도 없고, 특히 사람을 부르는 모습도 보이지 않는다. 확 피었다가 툭 지고, 툭 졌다가 확 피고, 수백 년의 성상(星霜)을 사람들 눈에 띄지 않는 산그늘에서 태연자약하게 살고 있다. 단 한 번 보기만 하면 그걸로 끝! 본 사람은 그녀의 마력에서 결코 벗어날 수 없다. 그 빛깔은 단순한 빨강이 아니다. 도륙된 죄수의 피가 저절로 사람의 눈을 끌어 스스로 사람의 마음을 불쾌하게 하는 듯한, 일종의 이상한 빨강이다.

보고 있으니 빨간 것이 물 위로 뚝 떨어졌다. 고요한 봄에 움직인 것은 그저 이 한 송이뿐이다. 잠시 후 다시 뚝 떨어졌다. 저 꽃은 결코 지지 않는다. 무너진다기보다는 단단히 뭉친 채 가지를 떠난다. 가지를 떠날 때는 한 번에 떠나기 때문에 미련이 없는 것처럼 보이지만 떨어져도 뭉쳐 있는 것은 어쩐지 독살스럽다. 또 뚝 떨어진다. 저렇게 떨어지는 동안 연못의 물이 붉어지리라 생각했다. 꽃이 조용히 떠 있는 근처는 지금도 약간 붉은 듯하다. 또 떨어졌다. 땅 위에 떨어진 건지, 물 위에 떨어진 건지 구별할 수 없을 만큼 조용히 뜬다. 또 떨어진다. 저것이 가라앉는 일이 있을까, 하고 생각한다. 해마다 남김없이 떨어지는 수만 송이의 동백꽃은 물에 잠겨 빛깔이 풀리기 시작하고 썩어 진흙이 되고, 이윽고 밑바닥에 가라앉는 것일까. 수천 년 후에는 이 오래된 연못이, 사람들이 모르는 사이에 떨어진 동백꽃으로 메워져 원래의 평지로 돌아갈지도 모른다. 또 하나의 커다란 꽃이 피를 칠한 도깨비불처럼 떨어진다. 또 떨어진다. 뚝뚝 떨어진다. 한없이 떨어진다.

이런 곳에 아름다운 여인이 떠 있는 장면을 그리면 어떨까, 하는 생각을 하면서 원래의 장소로 돌아가 다시 담배를 피우며 멍하니 생각에 잠긴다. 온천장의 나미 씨가 농담으로 한 말이 물결치며 기억 속으로 밀려든다. 마음은 큰 파도에 떠 있는 한 장의 판자처럼 흔들린다. 그 얼굴을 소재로 하여 저 동백나무 아래에 띄우고, 위에서 동백꽃 몇 송이를 떨어뜨린다. 동백꽃이 영원히 떨어지고 여인이 영원히 물에 떠 있는 느낌을 표현하고 싶은데, 그것을 그림으로 그릴 수 있을까. 이 「라오콘」에는…… 「라오콘」 따위는 아무래도 상관없다. 원리에 어긋나든, 어긋나지 않든 그런 기분만 표현되면 된다. 하지만 인간을 떠나지 않고 인간 이상의 영원이라는 느낌을 내는 것은 쉬운 일이 아니다. 무엇보다 얼굴이 곤란하다. 그 얼굴을 빌린다고 해도 그 표정으로는 안 된다. 고통이 많아서는 모든 것을 망가뜨린다. 그렇다고 무턱대고 태평해서는 더욱 곤란하다. 차라리 다른 얼굴로 하면 어떨까. 이건, 저건 하고 손을 꼽아보지만 아무래도 좋지 않다. 역시 나미 씨의 얼굴이 가장 어울리는 것 같다. 하지만 어딘가 좀 부족하다. 좀 부족한 것은 알겠는데, 어디가 부족한지는 내가 생각해도 분명하지가 않다. 따라서 내 상상으로 적당히 만들 수는 없다. 그것에 질투를 더한다면 어떨까. 질투에는 불안감이 너무 많다. 증오는 어떨까. 증오는 너무 격렬하다. 분노? 분노는 완전히 조화를 깬다. 원한? 원한도 춘한(春恨)이라는 시적인 것이라면 각별하지만, 단순한 원한이라면 너무 속되다. 여러 가지로 생각한 끝에서야 간신히 바로 이것이라는 걸 깨달았다. 흔히 있는 정서 중에 연민이라는 말이 있다는 것을 잊고 있었다. 연민은 신이 모르는 정이고, 게다가 신에게 가장 가까운 인간의 정이다. 나미 씨의 표정에는 이 연민의 정이 조금도 나타나 있지 않다. 그 점이 좀 부족한 것이다. 어떤 갑작스러운 충동으로 그 정이 그 여인의 눈썹

언저리에 번쩍인 순간 내 그림은 완성될 것이다. 하지만…… 그게 언제 보일지 알 수 없다. 평소 그 여인의 얼굴에 충만해 있는 것은 사람을 무시하는 엷은 웃음과 이기자, 이기자 하고 초조해하는 여덟 팔 자(八)뿐이다. 그것만으로는 도저히 그림이 안 된다.

사각사각 하는 발소리가 난다. 마음속의 구상은 3분의 2에서 무너졌다. 통소매 옷을 입은 사내가 등에 땔나무를 지고 얼룩조릿대를 헤치며 간카이지 쪽으로 건너온다. 옆 산에서 왔을 것이다.

"날씨가 좋네요."

수건을 풀고 인사한다. 허리를 굽히는 순간 허리띠에 찬 낫의 날이 번쩍 빛났다. 마흔쯤 되어 보이는 늠름한 사내다. 어디서 본 것 같다. 사내는 구면인 것처럼 허물없이 군다.

"나리도 그림을 그리십니까?"

내 화구 상자는 열려 있었다.

"아아. 이 연못이라도 그려볼까 하고 와봤는데, 쓸쓸한 곳이군. 아무도 다니지 않고."

"예. 정말 산속이라…… 나리, 고개에서는 비를 맞아 무척 곤란하셨지요?"

"뭐? 아, 자네는 그때 그 마부로군."

"예. 이렇게 땔나무를 해서 성안으로 가져갑니다."

겐베는 짐을 내리고 그 위에 걸터앉는다. 담배쌈지를 꺼낸다. 낡은 것이다. 종이인지 가죽인지 알 수 없다. 나는 성냥을 빌려준다.

"그런 데를 날마다 넘으려면 힘들겠군."

"뭘요, 익숙한걸요. 그리고 매일 넘지는 않습니다. 사흘에 한 번쯤이고, 어떨 때는 나흘 만에 가기도 합니다."

"나흘에 한 번이라도 만만한 일이 아니겠지."

"아하하하. 말이 불쌍해서 나흘에 한 번쯤 가기로 하겠습니다."

"그거 참 고마운 일이군. 자신보다 말이 더 소중한 모양이군. 하하하하."

"그 정도는 아닙니다만……"

"그런데 이 연못은 상당히 오래된 모양이야. 대체 언제부터 있었던 거지?"

"옛날부터 있었지요."

"옛날부터? 얼마나 옛날부터?"

"상당히 오래된 옛날부터요."

"상당히 오래된 옛날부터라, 그렇군."

"확실히는 모르나 옛날에 시호다의 아가씨가 몸을 던졌을 때부터 있었습니다."

"시호다라니, 그 온천장 말인가?"

"예."

"아가씨가 몸을 던졌다니, 지금 멀쩡하게 살아 있지 않은가?"

"아니요, 그 아가씨가 아닙니다. 아주 옛날의 아가씨가요."

"아주 옛날의 아가씨라, 언제쯤인가 그때는?"

"잘은 모르나 상당히 오래된 옛날의 아가씨인데……"

"그 옛날의 아가씨가 또 왜 몸을 던졌나?"

"그 아가씨 역시 지금 아가씨처럼 어여쁘신 아가씨였다고 하는데요, 나리."

"응."

"그런데 어느 날 한 범론자(梵論字)가 와서……"

"범론자라면 허무승(虛無僧)[6]을 말하는 건가?"

"예. 퉁소를 부는 그 범론자 말입니다. 범론자가 시호다 촌장 댁에 묵고 있었는데, 그 어여쁘신 아가씨가 그 범론자를 보고 첫눈에 반해서…… 운명이라고 합니까, 무슨 일이 있어도 그 사람과 결혼하겠다며 울었습니다."

"울었다, 흐음."

"그런데 촌장님이 들어주지 않았지요. 범론자는 사위로 삼을 수 없다면서요. 결국 쫓아냈습니다."

"그 허무승을 말인가?"

"예. 그래서 아가씨가 범론자 뒤를 따라 여기까지 와서…… 저 건너편에 보이는 소나무 있는 데서 몸을 던져…… 결국 큰 난리가 났습니다. 잘은 모르나 그때 거울 하나를 들고 있었다는 이야기가 전해오고 있지요. 그래서 이 연못을 지금도 가가미가[7] 연못이라고 합니다."

"아아, 그렇군. 그럼 이미 몸을 던진 사람이 있다는 얘기로군."

"정말 당치도 않은 일이지요."

"몇 대쯤 전의 일인가, 그건?"

"모르긴 해도 상당히 오래전 일이라고 합니다. 그리고 이건 나리께만 드리는 말씀인데요, 나리."

"뭔가?"

"시호다 댁에는 대대로 미치광이가 나옵니다."

"아, 저런."

6 선종의 일파인 보화종(普化宗)의 승려로 장발에 장삼을 입고 삿갓을 깊숙이 쓰고 통소를 불며 각지를 돌아다니는 것을 수행으로 삼았다. 앞에 나온 '범론자'는 허무승의 다른 이름이다.

7 일본어 가가미는 거울이라는 뜻이다.

"전적으로 저주입니다. 지금 아가씨도 요즘 좀 이상해졌다고 다들 그럽니다."

"하하하하, 그런 일은 없을 거네."

"그럴까요? 하지만 아가씨의 어머님도 좀 이상했거든요."

"댁에 계신가?"

"아니요, 작년에 돌아가셨습니다."

"음."

나는 담배꽁초에서 가느다란 연기가 피어오르는 것을 보며 입을 다물었다. 겐베는 땔나무를 등에 지고 떠난다.

그림을 그리러 와서 이런 일을 생각한다거나 이런 이야기를 듣고만 있어서는 며칠이 지나도 그림 한 장 그릴 수 없다. 애써 화구 상자까지 들고 나온 이상, 오늘은 체면을 생각해서라도 밑그림을 그려가자. 다행히 건너편 경치는 그런대로 잘 갖춰져 있다. 저 경치에도 미안하니 좀 그려보기로 하자.

3미터 남짓한 검푸른 바위가 연못 밑바닥에서 똑바로 솟아 나와 짙은 물이 꺾이는 모서리에 높고 험하게 자리 잡은 오른쪽에는 얼룩조릿대가 비탈 위에서 물가까지 한 치의 틈도 없이 우거져 있다. 위에는 세 아름쯤 되는 커다란 소나무가 어린 담쟁이덩굴에 얽힌 줄기를 비스듬히 꼬면서 절반 이상 수면 위로 뻗치고 있다. 거울을 품에 넣은 여인은 저 바위 위에서 뛰어든 것일까.

삼각의자에 엉덩이를 걸치고 화면에 들어와야 할 대상을 건너다본다. 소나무와 조릿대와 바위와 물인데, 물은 어디서 그쳐야 좋을지 모르겠다. 바위의 높이가 3미터라면 그림자도 3미터다. 얼룩조릿대는 물가에서 그치지 않고 물속까지 들어와 무성하게 자라고 있는 것으로 여겨질 만큼 선명하게 물밑까지 비치고 있다. 소나무는 하늘로 높이 우뚝 솟아 있어 올려다봐야 하는 만큼 그림자 역시 굉장히 가늘고 길다. 눈에 비친 그대로의 길이는 도저히 다 담을 수 없다. 차라리 실물은 그만두고 그림자만 그리는 것도 한 가지 재미일 것이다. 물을 그리고, 물속의 그림자를 그려, 이것이 그림이다, 하고 사람들에게 보여주면 놀랄 것이다. 하지만 그저 놀라게만 하는 것은 시시하다. 아하, 이런 것도 그림이 되는구나, 하고 놀라게 하지 않으면 시시하다. 어떻게 구상할까, 하고 열심히 연못의 수면을 바라본다.

그저 기이할 뿐, 그림자만 바라보고 있어서는 전혀 그림이 되지 않는다. 실물과 비교하며 구상해보고 싶어진다. 나는 수면에서 눈동자를 움직여 슬슬 위쪽으로 시선을 옮겨 간다. 3미터의 바위를, 그림자 끝에서 물가로 이어진 자리까지 바라보고 거기에서 점차 물 위로 나아간다. 광택의 성질에서부터 주름이나 구김살의 모양 하나하나를 음미하며 점차 올라간다. 간신히 다 올라가 두 눈이 마침내 기암 끝에 이르렀을 때, 나는 뱀의 눈과 마주친 두꺼비처럼 붓을 툭 떨어뜨렸다.

녹색의 가지 사이로 비치는 석양을 등지고 저물어가는 늦봄이 검푸른 바위를 채색하고 있는 가운데 선명하게 떠오른 여인의 얼굴은…… 꽃 아래에서 나를 놀라게 하고, 환영으로 나를 놀라게 하고, 후리소데로 나를 놀라게 하고, 목욕탕에서 나를 놀라게 한 그 여인의 얼굴이다.

나의 시선은 창백한 여인의 얼굴 한복판에 푹 박힌 채 움직이지 않는다. 여인도 낭창낭창한 몸을 곧추세우고 높은 바위 위에 손가락 하나 까딱하지 않고 서 있다. 이 찰나!

나는 얼떨결에 벌떡 일어났다. 여인은 휙 몸을 돌린다. 오비 사이로 동백꽃처럼 빨간 것이 어른거리나 싶더니 이미 저편으로 뛰어내렸다. 석양은 우듬지를 스치고 희미하게 소나무 줄기를 물들인다. 얼룩조릿대는 더욱더 푸르다.

또 놀라고 말았다.

# 11

산골마을의 어슴푸레함을 틈타 어슬렁어슬렁 걷는다. 간카이지의 돌계단을 오르면서 '앙수춘성일이삼(仰數春星一二三, 우러러 헤아리는 봄별 하나 둘 셋)'이라는 시구를 얻었다. 나는 특별히 스님을 만날 일도 없다. 만나 잡담을 나눌 생각도 없다. 우연히 숙소를 나와 발길 닿는 대로 어슬렁거리다 그만 이 돌계단 아래까지 오게 된 것이다. 잠시 '불허훈주입산문(不許葷酒入山門)'[1]이라 새겨진 돌을 어루만지며 서 있다가 문득 기분이 좋아져 오르기 시작한 것이다.

『트리스트럼 섄디』[2]라는 책에는, 이 책만큼 신의 뜻에 맞게 쓰인 것은 없다고 쓰여 있다. 첫 한 구절은 어떻게든 자력으로 적는다, 나머지는 오로지 신에게 기도를 드리며 붓이 가는 대로 맡긴다, 물론 무엇을 쓸지 자신도 짐작할 수 없다, 쓰는 사람은 자신이지만, 쓰는 것은

1 수행에 방해가 되는 파, 마늘, 부추와 같은 냄새나는 채소와 술을 먹은 사람은 절문 안으로 들어와서는 안 된다는 뜻.

2 영국의 소설가 로렌스 스턴(Laurence Sterne, 1713~1768)의 장편소설. 원제는 『신사 트리스트럼 섄디의 생애와 의견*The Life and Opinion of Tristram Shandy, Gentleman*』(1760~1767)이다.

신의 일이다, 따라서 책임은 저자에게 없다는 것이다. 나의 산책 역시 이 방식을 받아들인 무책임한 산책이다. 다만 신을 믿지 않는 것이 한 층 더 무책임할 뿐이다. 로렌스 스턴은 자신의 책임에서 벗어나는 동시에 이를 하늘에 계신 신에게 전가했다. 받아줄 신을 갖지 못한 나는 결국 이를 시궁창에 버렸다.

돌계단을 오르는 데도 힘을 들여 올라가지 않는다. 힘을 들여야 할 정도라면 곧바로 돌아온다. 한 계단 올라 잠시 멈춰 서 있으면 어쩐지 유쾌하다. 그러므로 두 계단을 오른다. 두 계단째에는 시를 짓고 싶은 마음이 든다. 잠자코 내 그림자를 본다. 각석(角石)에 가로막혀 세 계단으로 끊어진 것은 이상하다. 이상하니 다시 오른다. 우러러 하늘을 본다. 흐리멍덩한 하늘 안쪽에서 작은 별이 끊임없이 반짝인다. 시구가 될 것 같아 또 오른다. 이리하여 나는 결국 위에까지 다 올라갔다.

돌계단 위에서 떠올린다. 옛날 가마쿠라에 놀러가 이른바 고잔(五山)[3]을 빙 둘러봤을 때 분명히 엔가쿠지에 속한 작은 절이었을 텐데, 역시 이런 식으로 돌계단을 어슬렁어슬렁 올라가니 문 안에서 노란 법의를 입은, 머리통이 크고 넓적한 스님이 나왔다. 나는 올라간다. 스님은 내려온다. 스쳐 지나갈 때 스님이 날카로운 목소리로, 어디 가시느냐, 고 물었다. 나는 그저 경내를 구경하러 왔다고 대답하고 동시에 발길을 멈추었더니 스님은 곧바로, 아무것도 없습니다, 하고 내뱉고는 성큼성큼 내려갔다. 너무 시원한 대답이라 나는 선수를 빼앗긴 것 같아 계단 위에 서서 스님이 걸어가는 뒷모습을 지켜보고 있었다. 스님은 크고 넓적한 머리통을 흔들어대며 걸어가 마침내 삼나무 사이로 사라졌다. 그때까지 한 번도 돌아보지 않는다. 역시 선승은 재미있다.

3 가마쿠라고잔(鎌倉五山). 엔가쿠지(円覺寺) 등 선종에서 승격(僧格)이 높은 다섯 개의 절.

팔팔하고 시원시원하구나, 하고 생각하며 느릿느릿 산문에 들어서고 보니 넓은 요사채도 본당도 텅 비어 있고 인적이라곤 찾아볼 수가 없다. 그때 나는 진심으로 기뻤다. 세상에 이렇게 시원시원한 사람이 있어서, 이렇게 시원시원하게 사람을 대해주었구나, 하는 생각을 하니 공연히 기분이 개운해졌다. 선을 터득하고 있었다는 뜻이 아니다. 선의 시옷 자도 아직 모른다. 그저 머리통이 크고 넓적한 스님의 행동이 마음에 들었던 것이다.

세상은 집요하고 독살스럽고 좀스럽고 게다가 뻔뻔하고 지겨운 놈들로 가득 차 있다. 애초에 뭣 하러 세상에 낯짝을 내밀고 있는지 알 수 없는 놈도 있다. 게다가 그런 낯짝일수록 하나같이 크다. 속세의 바람을 맞을 면적이 크다는 걸 무슨 명예라도 되는 양 생각한다. 5년이나 10년을 다른 사람의 엉덩이에 탐정을 붙여 방귀 뀌는 수를 헤아리고, 그것이 사람 사는 세상이라 생각한다. 그리하여 사람 앞에 나와 너는 방귀를 몇 번 뀌었다, 몇 번 뀌었다, 하며 부탁도 하지 않은 것을 가르쳐준다. 앞으로 나와 말한다면 그것도 참고로 해주지 못할 것도 없지만, 뒤쪽에서 너는 방귀를 몇 번 뀌었다, 몇 번 뀌었다, 고 말한다. 시끄럽다고 하면 더한다. 그만하라고 하면 점점 더한다. 알았다고 해도 방귀를 몇 번 뀌었다, 뀌었다, 고 말한다. 그리고 그것이 처세의 방침이란다. 방침은 각자 제멋대로다. 그저 뀌었다, 뀌었다, 고 말하지 말고 잠자코 방침을 세우면 된다. 다른 사람에게 방해가 되는 방침은 삼가는 것이 예의다. 방해가 되지 않으면 방침이 서지 않는다고 말한다면, 이쪽도 방귀 뀌는 것을 이쪽의 방침으로 삼을 뿐이다. 그렇게 되면 일본도 운이 다한 것이다.

이렇게 해서 아름다운 봄밤에 아무런 방침도 세우지 않고 거니는 것은 사실 고상한 일이다. 흥이 나면 흥이 나는 것을 방침으로 삼는다. 흥이 가시면 흥이 가시는 것을 방침으로 삼는다. 시구를 얻으면 얻은 데서 방침이 선다. 얻지 못하면 얻지 못하는 데서 방침이 선다. 게다가 아무에게도 폐가 되지 않는다. 이것이 진정한 방침이다. 방귀 수를 헤아리는 것은 인신공격의 방침이고, 방귀를 뀌는 것은 정당방위의 방침이고, 이렇게 간카이지의 돌계단을 오르는 것은 수연방광(隨緣放曠)[4]의 방침이다.

'우러러 헤아리는 봄별 하나 둘 셋'이라는 시구를 얻고 돌계단을 다 올라갔을 때 어슴푸레 빛나는 봄 바다가 오비처럼 보였다. 산문을 들어선다. 절구(絶句)는 다듬을 생각이 없어졌다. 당장 그만두기로 방침을 세운다.

돌을 깔아 만든, 요사채로 통하는 길 오른쪽은 산철쭉 산울타리고, 울타리 너머는 묘지일 것이다. 왼쪽은 본당이다. 높은 지붕에서 기와가 희미하게 빛난다. 수만 개의 기와에 수만 개의 달이 떨어진 것 같아 올려다본다. 어디에선가 비둘기 울음소리가 연신 들려온다. 용마루 밑에서 살고 있는 모양이다. 그렇게 생각해서인지 차양 근처에 하얀 것이 점점이 보인다. 똥일지도 모른다.

낙숫물 떨어지는 곳에 묘한 그림자가 일렬로 늘어서 있다. 나무도 아닌 것 같고 물론 풀도 아니다. 느낌으로 치자면 이와사 마타베[5]가 그린 '염불하는 도깨비'[6]가 염불을 그만두고 춤을 추고 있는 모습이

4 인연 따라 흐름에 거칠 것이 없다는 뜻.

5 이와사 마타베(岩佐又兵衛, 1578~1650). 에도 시대 초기의 화가.

6 일본 민속회화 화제 가운데 하나로, 도깨비가 법의를 입고 징과 방망이를 든 모습을 그린 그림이다. 이 그림을 실내에 걸어두면 아이들이 밤중에 우는 버릇을 고칠 수 있다는 이야기가 전해진다.

다. 본당 끝에서 끝까지 일렬로 예의 바르게 늘어서서 춤을 추고 있다. 그 그림자가 또 본당의 끝에서 끝까지 일렬로 예의 바르게 늘어서서 춤을 추고 있다. 어스름한 달밤에 취해 징도 방망이도 시주 장부도 내팽개치고 서로 불러내 춤을 추러 이 산사로 온 것일까.

가까이 다가가 보니 커다란 선인장이다. 높이는 2미터가 넘을 것이다. 수세미외만 한 푸른 오이를 주걱처럼 짓눌러서 손잡이 쪽을 아래로 하고 위로 죽 이어놓은 것처럼 보인다. 그 주걱이 몇 개나 이어져야 끝이 나는지 알 수 없다. 오늘 밤 안에 차양을 뚫고 기와지붕 위로 솟을 것만 같다. 그 주걱이 생길 때는, 어쩌면 어디에선가 불현듯 나타나 착 들러붙을 것이다. 오래된 주걱이 새로운 작은 주걱을 낳고, 그 작은 주걱이 긴 세월 동안 점점 커진다고는 생각되지 않는다. 주걱과 주걱의 연속이 너무나도 엉뚱하다. 이렇게 우스꽝스러운 나무는 많지 않을 것이다. 게다가 점잔을 빼고 있다. 무엇이 부처냐는 물음에 뜰 앞의 잣나무라고 대답한 승려가 있었다는데, 만약 내가 그런 질문을 받으면 그 자리에서 달빛 아래의 선인장이라고 대답할 것이다.

어렸을 때 조보지[7]라는 사람의 기행문을 읽었는데, 아직도 외우고 있는 구절이 있다. "때는 9월 하늘은 높고 이슬은 맑으며 산은 공허하고 달은 밝아 우러러 별을 바라보니 모두 밝게 빛나 마치 사람 위에 있는 듯하네. 창문 사이의 대나무 수십 그루, 스치며 나는 소리 애절하기 그지없네. 대나무 사이로 매화나무와 종려나무 우거져 요괴의 흐트러진 머리카락 같네. 두세 아이 서로 돌아보고, 넋이 몸을 떠나 잠을 이루지 못하네. 동틀 녘에 모두 사라지네." 이렇게 또 입속으로 되뇌어보고 무심코 웃었다. 때와 경우에 따라서는 이 선인장도 나

7 조보지(晁補之, 1053~1110). 중국 북송 시대의 문장가.

를 놀라게 하여 보자마자 산에서 내려가게 했을 것이다. 가시에 손을 대보니 따끔따끔 손을 찌른다.

납작한 돌을 깐 길을 끝까지 가서 왼쪽으로 꺾으면 절의 요사채가 나온다. 요사채 앞에 커다란 목련이 있다. 거의 한 아름은 될 것이다. 높이가 요사채 지붕을 넘는다. 올려다보니 머리 위는 가지다. 가지 위도 또 가지다. 그렇게 가지가 서로 겹치고, 그 위에 달이 있다. 보통 가지가 그렇게 겹치면 아래에서 하늘이 보이지 않는다. 꽃이 있으면 더욱 보이지 않는다. 목련 가지는 아무리 겹쳐도 가지와 가지 사이의 틈새가 시원하게 벌어져 있다. 목련은 나무 아래에 선 사람의 눈을 어지럽힐 만큼 가느다란 가지를 쓸데없이 뻗지 않는다. 꽃마저 환하다. 저 아래 아득한 곳에서 올려다보아도 한 송이 꽃은 분명히 한 송이로 보인다. 그 한 송이가 어디까지 무리지어 어디까지 피어 있는지 알 수 없다. 그런데도 한 송이는 끝내 한 송이고, 한 송이와 한 송이 사이로 푸르스름한 하늘이 또렷이 보인다. 꽃의 빛깔은 물론 순백이 아니다. 쓸데없이 하얀 것은 너무 차갑다. 오로지 하얗기만 한 것은 일부러 사람의 눈을 빼앗는 계략이 보인다. 목련의 색은 그런 것이 아니다. 극도의 하얀색을 일부러 피하여 따뜻한 느낌이 있는 담황색으로 그윽하고 고상하게 자신을 낮추고 있다. 나는 납작한 돌을 깐 길 위에 서서 이 얌전한 꽃이 허공으로 어디까지고 겹겹이 뻗어가는 모습을 잠시 멍하니 올려다보고 있었다. 눈에 떨어지는 것은 꽃뿐이다. 잎은 하나도 없다.

목련 꽃뿐인 하늘을 보네

이러한 시구를 얻었다. 어디에선가 비둘기가 서로 다정하게 울고 있다.

요사채로 들어간다. 요사채의 문은 활짝 열려 있다. 도둑이 없는 나라로 보인다. 개는 원래부터 짖지 않는다.

"실례합니다!"

사람을 찾는다. 괴괴하니 대답이 없다.

"안 계세요?"

안내를 청한다. 구우구우, 하고 비둘기 소리가 들려온다.

"아무도 안 계세요?"

큰 소리로 부른다.

"오오오오오오오."

저쪽 멀리서 대답하는 사람이 있다. 남의 집을 찾아가 이런 대답을 들어본 적은 한 번도 없다. 잠시 후 복도에서 발소리가 들리더니 등잔불 그림자가 장지문 너머로 비쳤다. 어린 중이 나타난다. 료넨이었다.

"스님 계신가?"

"계십니다. 무슨 일이십니까?"

"온천에 있는 화공이 왔다고 전해주게."

"화공이세요? 그럼 들어오세요."

"양해를 구하지 않아도 되나?"

"괜찮을 겁니다."

나는 나막신을 벗고 들어간다.

"예의가 바르지 못한 화공이군요."

"왜인가?"

"나막신을 가지런히 놓아주세요. 자, 이걸 보세요."

등잔불을 내민다. 검은 기둥 한가운데에, 봉당에서 150센티미터쯤 되는 높이에 반지(半紙)[8]를 네 개로 잘라 붙이고 그 위에 뭔가를 적어 놓았다.

"자, 읽었지요? 발밑을 보라고 쓰여 있잖아요."

"아하, 그렇군."

나는 나막신을 정성껏 가지런히 놓는다.

스님의 방은 복도를 기역 자로 꺾어 들어간 본당 옆에 있다. 장지문을 공손하게 열고 정중하게 문지방 너머에 쭈그린 료넨이 말한다.

"저기, 시호다 댁에서 화공이 찾아왔습니다."

무척 황송해하는 모습이다. 나는 좀 우스워졌다.

"그래? 이쪽으로 모셔라."

나는 료넨과 자리를 바꾼다. 방이 몹시 좁다. 안에는 이로리[9]가 있고, 쇠주전자가 소리를 내며 끓고 있다. 스님은 안쪽에서 책을 보고 있었다.

"자, 이쪽으로."

안경을 벗고 책을 옆으로 밀쳐둔다.

"료넨, 료오네엔!"

"예에에엣."

"방석을 드려야지."

료넨이 멀리서 길게 대답한다.

8 주로 붓글씨를 연습하는 일본 종이를 가리킨다. 원래 가로로 긴 종이를 좌우로 이등분한 것이어서 반지라고 하는데, 나중에 세로 24~26인치, 가로 32~35인치의 일본 종이를 가리키게 되었다.

9 일본의 전통적인 난방 장치. 방바닥의 일부를 네모나게 잘라내고 난방이나 취사를 위해 재를 깔아 불을 피웠다.

"잘 오셨소. 꽤 적적하셨지요?"

"달이 하도 좋기에 어슬렁어슬렁 여기까지 오고 말았습니다."

"달이 좋군요."

장지문을 연다. 징검돌 둘, 소나무 한 그루 말고는 아무것도 없는, 평평한 정원 너머는 바로 낭떠러지 같고, 눈 아래로 어슴푸레한 바다가 확 펼쳐진다. 갑자기 도량이 커진 것 같은 기분이다. 고기잡이배의 등불이 여기저기에서 반짝이는데, 아득히 먼 저편에서는 그 등불들이 하늘로 들어가 별이라도 될 모양이다.

"참 경치가 좋군요. 스님, 장지문을 닫고 있는 건 아깝지 않습니까?"

"그렇지요. 허나 매일 밤 보니까요."

"며칠 밤을 봐도 좋지요, 이런 경치는. 저라면 자지 않고 보고 있겠습니다."

"하하하하. 하지만 당신은 화공이니 나하고는 좀 다르겠지요."

"스님도 아름답다고 생각하는 동안에는 화공입니다."

"아하, 그도 그렇겠군요. 나도 달마의 그림 정도는 그리지요. 자, 보세요. 여기 걸려 있는 이 족자는 선대께서 그린 것인데 꽤 잘 그렸지요?"

과연 달마 그림이 작은 도코노마에 걸려 있다. 그림으로서는 몹시 서툰 것이다. 하지만 속기(俗氣)가 없다. 실수를 감추려고 애쓴 곳이 한 군데도 없다. 순수한 그림이다. 선대 역시 이 그림처럼 대범한 사람이었을 것이다.

"순수한 그림이군요."

"우리 같은 사람이 그리는 그림은 그걸로 충분하지요. 기상(氣像)만

나타나 있으면……"

"능숙하기는 한데 속기가 있는 것보다는 낫습니다."

"하하하하, 뭐 그런 칭찬이라도 받아두어야지. 그런데 요즘엔 화공에도 박사가 있소?"

"화공 박사는 없습니다."

"아, 그렇구먼. 얼마 전에 만물박사 한 사람을 만났소."

"아, 네."

"박사라면 대단한 거 아니요?"

"예, 대단하겠지요."

"화공에도 박사가 있을 것 같은데, 왜 없을까요?"

"그렇다면 스님에도 박사가 있어야겠지요."

"하하하하, 그렇게 되나요? 뭐라는 사람이었더라, 얼마 전에 만난 사람…… 어디 명함이 있을 텐데……"

"어디서 만났습니까? 도쿄인가요?"

"아니, 여기서요. 도쿄는 벌써 20년이나 가지 않았소. 요즘에는 전차라는 게 생겼다던데, 한번 타보고 싶은 생각은 있소."

"시시한 겁니다. 시끄럽기만 하고요."

"그런가요? 촉나라 개가 해를 보고 짖고 오나라 소가 달을 보고 숨을 헐떡인다[10]고 하니 나 같은 촌놈은 오히려 곤란할지도 모르겠네요."

"곤란하지는 않겠지만 시시합니다."

"그럴까요?"

쇠주전자 주둥이에서 김이 모락모락 나온다. 스님은 찬장에서 다기

10 경험이 없는 사람이 공연히 두려워하는 것을 비유한 표현이다.

를 꺼내와 차를 따라준다.

"엽차라도 한 잔 드시오. 시호다 영감이 내온 것처럼 좋은 차는 아니지만."

"아니, 괜찮습니다."

"당신은 그렇게 여기저기 돌아다니는 것 같은데 역시 그림을 그리기 위해서요?"

"예. 화구만은 갖고 다닙니다만, 그림은 그리지 않아도 상관없습니다."

"아하, 그럼 심심풀이인가요?"

"글쎄요. 그리 말해도 좋겠지요. 누가 방귀 횟수를 헤아리는 게 싫으니까요."

그 대단한 선승도 이 말만은 알아듣지 못한 것으로 보인다.

"방귀 횟수를 헤아린다는 건 무슨 소리요?"

"도쿄에 오래 살면 누군가 방귀 횟수를 헤아리거든요."

"왜요?"

"하하하하, 헤아리는 것뿐이라면 괜찮지만, 남의 방귀를 분석해서 똥구멍이 세모라는 둥 네모라는 둥 쓸데없는 짓을 합니다."

"아하, 역시 위생상 그러는 건가요?"

"위생상 그러는 게 아닙니다. 탐정이 그런 짓을 합니다."

"탐정이요? 아하, 그럼 경찰이겠군요. 대체 경찰이든 순사든 무슨 도움이 되는지 모르겠어요. 없으면 안 되는 거요?"

"글쎄요, 화공한테는 필요 없습니다."

"나한테도 필요 없소. 나는 아직 순사의 신세를 져본 일도 없소."

"그러시겠지요."

"하지만 경찰이 아무리 방귀 횟수를 헤아린다고 해도 상관없을 것 같은데, 시치미를 떼고 있으면 말이오. 자기만 잘못된 일을 하지 않으면 아무리 경찰이라도 어떻게 할 수는 없지 않겠소?"

"방귀 정도로 어떻게 한다면 견딜 수 없겠지요."

"내가 동자승이었을 때 선대께서 늘 말씀하셨지요. 사람은 니혼바시 한복판에서 오장육부를 드러내고도 부끄럽지 않을 정도가 되어야 수행을 했다고 말할 수 있다고요. 당신도 그런 경지까지 수행을 하면 좋을 거요. 그러면 여행 같은 건 하지 않아도 될 거요."

"화공 행세를 하면 언제든지 그렇게 될 수 있습니다."

"그럼 화공 행세를 하면 되겠군요."

"누가 방귀 횟수를 헤아리면 그렇게 할 수가 없습니다."

"하하하하. 거 보세요. 저기, 당신이 묵고 있는 시호다 댁의 나미 씨도 시집을 갔다가 돌아온 뒤로는 아무래도 여러 가지 일이 마음에 걸려 못 견디겠다면서 결국 부처님의 가르침을 듣겠다고 나를 찾아왔어요. 그런데 요즘에는 꽤 수행이 되어서 보시다시피 사리를 분별할 줄 아는 여자가 되었잖아요."

"아, 그렇군요. 아무래도 보통 여자가 아니라고 생각했습니다."

"아니, 꽤 예리한 여자요. 나한테 수행하러 온 다이안이라는 젊은 중도 그 여자로 인한 사소한 일로 대사(大事)를 규명해야 하는 운명에 봉착했는데, 조만간 훌륭한 고승이 될 것 같소."

고요한 뜰에 소나무 그림자가 떨어진다. 멀리 바다는 하늘빛에 부응하는 듯 부응하지 않는 듯 흐릿함 속에서 희미한 빛을 발한다. 고기잡이배의 불빛이 명멸한다.

"저 소나무 그림자를 보시오."

"아름답네요."

"그냥 아름다운 거요?"

"예."

"아름다운 데다 바람이 불어도 신경 쓰지 않는다오."

찻잔에 남은 떫은 차를 다 마시고 실굽을 위로 하여 찻잔 접시에 엎어놓고 일어선다.

"문까지 바래다드리리다. 료오오네에에엔! 손님, 가신다!"

배웅을 받으며 요사채를 나서니 비둘기가 구우구우 하고 운다.

"비둘기만큼 귀여운 것도 없어요. 내가 손뼉을 치면 다들 날아오지요. 불러볼까요?"

달은 더한층 밝다. 사위는 적막하고 목련은 구름 같은 여러 송이의 꽃을 하늘에 바치고 있다. 구름 한 점 없이 맑은 봄날의 한밤중에 스님이 짝짝 손뼉을 친다. 소리는 바람 속에서 죽었는지 한 마리의 비둘기도 내려오지 않는다.

"안 내려오려나. 내려올 것 같은데."

료넨은 내 얼굴을 보고 살짝 웃었다. 스님은 비둘기가 밤에도 잘 볼 수 있다고 생각하는 듯하다. 태평한 사람이다.

산문쯤에서 나는 두 사람과 헤어진다. 돌아보니 커다랗고 둥근 그림자와 조그맣고 둥근 그림자가 납작한 돌을 깐 길 위에 떨어지고, 앞서거니 뒤서거니 요사채 쪽으로 사라져간다.

# 12

그리스도가 최고도로 예술가의 태도를 갖추었다고 한 사람은 오스카 와일드라고 기억하고 있다. 그리스도에 대해서는 모른다. 간카이지의 스님 같은 사람은 바로 그런 자격을 갖추고 있다고 생각한다. 풍류가 있다는 의미가 아니다. 시세에 정통하다는 것도 아니다. 그는 도저히 그림이라는 이름을 붙일 수 없는 달마 그림 족자를 걸어두고, 좋은 그림이다, 하며 득의양양하다. 그는 화공에 박사가 있다고 알고 있다. 그는 비둘기가 밤에도 볼 수 있다고 생각하고 있다. 그런데도 예술가의 자격이 있다고 말하는 것이다. 그의 마음은 밑이 없는 주머니처럼 뚫려 있다. 전혀 정체해 있지 않다. 어디로나 움직이고, 임의로 행하고, 아주 작은 속세의 더러움도 마음속에 침전할 기미가 없다. 만약 그의 뇌리에 한 점의 풍류를 더할 수 있었다면, 그는 가는 곳에 동화되어 똥을 누고 오줌을 눌 때도 완전한 예술가로 존재할 수 있을 것이다. 나 같은 사람은 탐정이 방귀 뀌는 횟수를 헤아리는 동안은 도저히 화가가 될 수 없다. 이젤 앞에 앉을 수는 있다. 팔레트를 쥘 수는 있다. 하지만 화공은 될 수 없다. 이렇게 이름 모를 산골마을로 찾아와 저물어가는 봄 경치 속에 야윈 몸을 묻고서야 비로소 진정한 예술가로서의 태도를 내 몸에 지닐 수 있는 것이다. 일단 이 경계 안으로 들어오면 미의 세계는 자기 것이 된다. 한 조각의 하얀 천에 채색하지 않아도, 조그만 화포(畵布)에 색칠하지 않아도 나는 일류 화공이다. 재주는 미켈란젤로에 미치지 못하고 솜씨는 라파엘로를 따를 수 없다 해도 예술가로서의 인격에서는 고금의 대가와 어깨를 나란히 하는 데 조금도 부족함이 없을 것이다. 나는 이 온천장에 온 뒤로 아직 한 장의 그림도 그리지 않았다. 화구 상자는 취흥에 메고 나왔나, 하는 느낌마저 든다. 사람들은 그래도 화가인가, 하고 비웃을지도 모른다. 아무리 비웃음을 당해도 지금의 나는 진정한 화가다. 훌륭한 화가다. 이런 경지에 이른 사람이라고 해서 명화를 그릴 수 있는 건 아니다. 하지만 명화를 그릴 수 있는 사람은 반드시 이런 경지를 알아야 한다.

아침식사를 마치고 시키시마 담배 한 대를 느긋하게 피우면서 내가 한 생각들이다. 해는 봄 안개를 벗어나 높이 올라 있다. 장지문을 열고 뒷산을 바라보니 푸른 나무가 아주 맑아 전에 없이 선명하게 보였다.

나는 평소 공기와 물상(物象)과 채색의 관계가 우주에서 가장 흥미 있는 연구 가운데 하나라고 생각하고 있다. 색을 주로 하여 공기를 표현하는가, 물(物)을 주로 하여 공기를 그리는가. 또는 공기를 주로 하고 그 안에 색과 물을 짜 넣는가. 그림은 약간의 마음가짐 하나로 여러 가지 표현이 나온다. 이 표현은 화가 자신의 기호에 따라 달라진다. 그건 물론이거니와 때와 장소에 따라 저절로 제한되는 것 역시 당연하다. 영국인이 그린 산수화에 밝은 것은 하나도 없다. 밝은 그림을 싫어하는지도 모르지만, 만약 좋아한다고 해도 그 공기로는 어떻게 해볼 수가 없다. 같은 영국인이라도 구달[1]은 색의 표현이 전혀 다르다. 다를 수밖에 없다. 그는 영국인이면서도 일찍이 영국의 풍경을 그린 적이 없다. 그가 그리는 그림의 소재는 그의 향토에 없다. 그의 본국에 비하면 공기의 투명도가 훨씬 높은 이집트나 페르시아 주변의 풍경만을 택하고 있다. 따라서 그가 그린 그림을 처음 본 사람은 누구나 놀란다. 영국인 중에도 이렇게 밝은 색을 내는 사람이 있나 하는 의심이 들 정도로 확실히 다르다.

개인의 기호는 어떻게 할 수가 없다. 하지만 일본의 산수를 그릴 생각이라면 우리 역시 일본 고유의 공기와 색을 내야 한다. 아무리 프랑스 그림이 훌륭하다고 그 색을 그대로 옮겨서는 일본의 경치라고 말할 수 없다. 역시 직접 눈으로 자연을 접하고 아침저녁으로 다양하게 변하는 구름이나 안개의 모습을 연구한 끝에, 아 이 색이다, 하는 생각이 들었을 때 바로 삼각의자를 메고 뛰쳐나가야 한다. 색은 찰나에 변한다. 한 번 기회를 잃으면 같은 색은 쉽게 눈에 띄지 않는다. 내가 방금 올려다본 산 가장자리에는 이 근처에서 좀처럼 보기 어려운 좋은 색이 가득 차 있다. 모처럼 나왔으니 그걸 놓치는 건 아까운 일이다. 좀 그려보자.

장지문을 열고 툇마루로 나가니 건너편 2층의 장지문에 몸을 기대고 나미 씨가 서 있다. 턱을 옷깃에 파묻은 옆얼굴밖에 보이지 않는다. 내가 인사를 할까 생각하는 순간 여인은 왼손을 떨어뜨린 채 오른손을 바람처럼 움직였다. 번쩍인 것은 번갯불인가, 두세 번 가슴 언저리를 쓱 지나자마자 짤까닥 하는 소리가 들리고 섬광은 금세 사라졌

1 프레더릭 구달(Frederick Goodall, 1822~1904). 영국의 화가로, 주로 이집트나 서아시아의 풍경을 그렸다.

다. 여인의 왼손에는 30센티미터쯤 되는 나무 칼집이 들려 있다. 그 모습은 순식간에 장지문 뒤로 사라졌다. 나는 이른 아침부터 가부키자[2]를 들여다본 기분으로 여관을 나선다.

문을 나서 왼쪽으로 꺾자 곧 이어진 샛길은 완만한 비탈길이다. 휘파람새가 여기저기에서 운다. 왼쪽은 가파르지 않은 계곡인데, 온통 귤나무가 심어져 있다. 오른쪽에는 높지 않은 언덕이 두 개쯤 이어져 있는데, 그곳에도 귤나무만 있는 것으로 보인다. 몇 년 전에 한 번 이 고장에 온 적이 있다. 손으로 꼽아보는 것도 귀찮다. 아마 추운 섣달 무렵이었을 것이다. 그때 귤나무 산에 온통 귤이 열려 있는 광경을 처음 보았다. 귤을 따는 사람에게 가지 하나만 팔라고 했더니 얼마든지 드릴 테니 가져가시라고 대답하고는 나무 위에서 묘한 가락의 노래를 부르기 시작했다. 도쿄에서는 귤껍질이라도 구하려면 약재상에 사러 가지 않으면 안 되는데, 하는 생각을 했다. 밤이 되자 자꾸 총소리가 들렸다. 무슨 소리냐고 물었더니 사냥꾼이 오리를 잡는 소리라고 가르쳐주었다. 그때는 나미 씨의 나 자도 모르고 지나갔다.

그 여인이 배우가 된다면 훌륭한 여주인공이 될 것이다. 보통의 배우는 무대에 나가면 격식을 차린 연기를 한다. 그 여인은 집 안에서도 늘 연극을 하고 있다. 게다가 연극을 하고 있다고 느끼지 않는다. 자연스럽게 연극을 하고 있다. 그런 것을 미적 생활[3]이라고 하는 것일까. 그 여인 덕분에 그림 수업을 꽤 할 수 있었다.

그 여인의 몸짓을 연극이라 보지 않는다면, 어쩐지 기분이 나빠 하

2 1889년에 도쿄 교바시 구에 개장한 근대적인 가부키 극장.

3 비평가 다카야마 조규(高山樗牛, 1871~1902)가 1901년에 본능의 만족을 가장 중요한 것으로 하는 미적 생활론을 제창한 일을 가리킨다.

루도 견딜 수 없다. 의리라든가 인정이라든가 하는, 보통의 얼굴을 배경으로 하고 보통의 소설가와 같은 시점에서 그 여인을 연구한다면 자극이 너무 강해 금방 싫증이 날 것이다. 현실 세계에서 그 여인과 나 사이에 일종의 복잡한 관계가 성립한다면 나의 고통은 아마 말로 다할 수 없을 것이다. 내가 이번 여행을 감행한 것은 속된 정에서 벗어나 어디까지나 화공이 되기 위해서였기에 눈에 들어오는 것은 모두 그림으로 보지 않으면 안 된다. 노(能), 연극, 또는 시 속의 인물로서만 관찰해야 한다. 이러한 각오의 안경을 통해 그 여인을 들여다보면 그 여인은 지금껏 본 여인 중에서 가장 아름다운 몸짓을 한다. 자신이 아름다운 연기를 해 보인다는 생각이 없는 만큼 배우의 연기보다 훨씬 아름답다.

이런 생각을 가진 나를 오해해서는 안 된다. 사회의 공민으로서 적당하지 않다고 평하는 것은 가장 괘씸한 일이다. 선은 행하기 어렵고 덕은 베풀기 어려우며 지조는 지키기 쉽지 않고 의를 위해 목숨을 버리는 것은 안타깝다. 굳이 이것들을 하는 것은 어떤 사람에게나 고통이다. 그 고통을 무릅쓰기 위해서는 고통을 이겨낼 만한 유쾌함이 어딘가에 숨어 있어야 한다. 그림이라는 것도 시라는 것도 또 연극이라는 것도 이 비참함 속에 틀어박힌 쾌감의 별칭에 지나지 않는다. 이 정취를 이해할 수 있어야 비로소 우리의 행동은 장렬해지기도 하고 우아해지기도 하며, 모든 어려움을 이기고 가슴속의 한 점을 차지하는 최상의 취미를 만족시키고 싶어진다. 육체의 괴로움을 도외시하고 물질상의 불편을 아랑곳하지 않으며 용맹하게 정진하는 마음을 달려 인도(人道)를 위해서라면 삶아 죽이는 극형도 달게 받을 것이다. 만약 인정이라는 좁은 입각점에 서서 예술의 정의를 내릴 수 있다면, 예술은 우리들 교육받은 사람들의 가슴속에 숨어들어 사악함을 피해 옳은 길로 나아가고 부정을 물리치고 정의의 편에 서며 약자를 돕고 강자에 맞서지 않고는 도저히 참을 수 없다는 일념의 결정체로서 찬연히 빛을 반사하는 법이다.

연극을 하는 것 같다며 남의 행위를 비웃는 일이 있다. 아름다운 취미를 관철하기 위해 굳이 불필요한 희생을 치르는 것이 인정에서 멀다고 비웃는 것이다. 자연스럽게 아름다운 성격을 발휘할 기회를 기다리지 않고 억지로 자신의 취미관을 자랑하는 어리석음을 비웃는 것이다. 진실로 그 사정을 이해할 수 있는 사람의 비웃음은 이해할 수 있다. 취미가 어떤 것인지를 이해할 수 없는 비천한 자가 자신의 천한 마음과 비교하여 다른 사람을 멸시하는 것은 용서하기 힘들다. 예전에 '바위 위의 노래'를 남기고 150미터 높이의 폭포에서 뛰어내려 급물살에 휘말려 들어간 청년이 있었다.[4] 내가 본 바로는 그 청년은 미(美)라는 한 글자를 위해, 버려서는 안 될 목숨을 버린 것이다. 죽음 자체는 참으로 장렬하다. 다만 그 죽음을 재촉한 동기는 이해하기 힘들다. 하지만 죽음 자체의 장렬함조차 이해할 수 없는 자가 어떻게 후지무라의 행동을 비웃을 수 있겠는가. 그들은 장렬한 최후를 맞이하는 정취를 맛볼 수 없기 때문에, 설사 정당한 사정이 있다 하더라도 도저히 장렬한 최후를 수행하지 못하는 한계가 있다는 점에서 후지무

4 홋카이도 출신의 구제 제1고등학교(지금의 도쿄 대 교양학부) 학생 후지무라 미사오(藤村操, 1886~1903)가 1903년 5월 22일 게곤(華嚴) 폭포에서 투신자살한 일을 말한다. 자살 현장 옆 나무에 '암두지감(巖頭之感)'이라는 글을 새겨 남겼다. 엘리트 학생의 자살은 입신출세를 미덕으로 해온 당시의 사회에 큰 영향을 주어 그의 뒤를 따르는 자가 속출했다. 후지무라 미사오 사후 4년간 같은 장소에서 자살을 시도한 사람이 185명에 이를 만큼 자살의 명소로 알려졌다. '암두지감'의 마지막은 이렇다. "이제 바위 위에 서니 가슴속에 아무런 불안도 없다. 이제야 알겠다. 큰 비관은 큰 낙관과 일치한다는 것을." 소세키는 그 직전인 4월에 제1고등학교의 교수가 되었다.

라보다 인격적으로 열등하기에 비웃을 권리가 없는 거라고 나는 주장한다.

나는 화공이다. 화공이기에 취미를 전문으로 하는 남자로서 설사 인정 세계에 타락했다 하더라도 동서 양쪽의 풍류를 모르는 속된 사람들보다는 고상하다. 사회의 일원으로서 능히 남을 교육할 만한 위치에 있다. 시가 없는 자, 그림이 없는 자, 예술 취미가 없는 자보다는 아름다운 행동을 할 수 있다. 인정 세계에서 아름다운 행동은 정(正)이고 의(義)고 직(直)이다. 정과 의와 직을 행위로 보여주는 것은 천하 공민의 모범이다.

잠시 인정 세계를 떠난 나는, 적어도 이 여행 중에는 인정 세계로 돌아올 필요가 없다. 그럴 필요가 있다면 모처럼의 여행도 쓸모없게 된다. 인정 세계에서 사각거리는 모래를 털고 밑에 남은 아름다운 금만을 바라보며 살아야 한다. 나 스스로도 사회의 일원으로 임해야 한다. 순수한 전문 화가로서 나 자신까지 연루된 이해의 속박을 끊고 고상하게 캔버스 안을 왕래하고 있다. 하물며 산이나 물이나 타인에 있어서랴. 나미 씨의 행동이라 해도 그저 그대로의 모습으로 볼 수밖에 없다.

3백 미터쯤 올라가니 건너편에 하얀 벽의 집 한 채가 보인다. 귤 밭 안의 집이구나, 하고 생각한다. 길은 곧 두 갈래로 갈라진다. 하얀 벽을 옆으로 보고 왼쪽으로 꺾어질 때 돌아보았더니 아래쪽에서 빨간 속치마를 입은 아가씨가 올라온다. 속치마가 점차 보이지 않더니 아래에서 갈색 정강이가 나온다. 정강이가 다 드러나고 짚으로 만든 조리가 나오고 그 조리가 점점 움직이며 다가온다. 머리 위에 산벚꽃이 떨어진다. 등에는 반짝이는 바다를 지고 있다.

샛길을 다 오르자 산부리의 평평한 곳이 나왔다. 북쪽은 초록을 겹겹이 접은 봄의 봉우리인데, 오늘 아침 툇마루에서 올려다본 그 근처일지도 모른다. 남쪽에는 불탄 들판이라고 해야 할 지세가 50미터 폭으로 펼쳐지고 그 끝에는 무너진 벼랑이다. 벼랑 아래는 지금 지나온 귤 산이고, 마을 너머 건너편을 보면 눈에 들어오는 것은 세상이 다 아는 푸른 바다다.

길은 여러 갈래나 되지만 만났다가 헤어지고 헤어졌다가 만나니 어느 것이 본래의 길인지도 알 수 없다. 어느 것이나 길인 대신 어느 것이나 길이 아니다. 풀 속의 검붉은 땅이 보였다 안 보였다 하면서 어느 길로 이어질지 분간할 수 없는 지점에 변화가 있어 흥미롭다.

어디에 엉덩이를 내려놓아야 할지, 풀밭 여기저기를 배회한다. 툇마루에서 볼 때는 그림이 될 거라 생각했던 경치도 막상 와보니 뜻밖에 구도가 맞지 않는다. 빛깔도 점차 변해간다. 풀밭을 어슬렁거리는 동안 어느새 그리고 싶은 마음이 사라졌다. 그리지 않는다고 하면 위치는 상관없다. 어디든 앉은 데가 내 거처다. 스며든 봄볕이 풀뿌리 깊숙이 깃들어 털썩 엉덩이를 내려놓으니 눈에 들어오지 않은 아지랑이를 깔아뭉갠 듯한 기분이 든다.

바다는 발밑에서 반짝인다. 구름 한 점 가리지 않는 봄볕은 물 위를 골고루 비추고 그 온기가 어느새 파도 아래까지 스며들었다고 여겨질 만큼 따사로워 보인다. 빛깔은 귀얄로 남빛을 평평하게 흐르게 한 곳에 은빛의 가는 비늘을 겹치며 미세하게 움직이고 있다. 봄볕은 한없는 천하를 비추고 천하는 한없는 물을 채우는 동안에는 하얀 돛대가 새끼손가락의 손톱만 하게 보일 뿐이다. 게다가 그 돛은 전혀 움직이지 않는다. 먼 옛날 공물을 싣고 찾아온 고구려의 배가 멀리서 건너올 때 저렇게 보였을 것이다. 그밖에는 대천세계(大千世界)를 끝까지 비추는 해의 세계, 해가 비추는 바다의 세계뿐이다.

벌렁 드러눕는다. 모자가 이마에서 미끄러져 잔뜩 뒤로 젖혀진다. 곳곳에 30에서 60센티미터쯤 풀보다 키가 큰 작은 명자나무들이 무성하다. 내 얼굴은 바로 그 한 나무 앞에 떨어졌다. 명자나무 꽃은 재미있다. 가지는 완고하여 일찍이 구부러진 적이 없다. 그렇다고 곧은가 하면 꼭 그렇지도 않다. 다만 곧고 짧은 가지에 곧고 짧은 가지가 어떤 각도로 맞부딪치고 비스듬한 자세를 취하면서 전체를 이루고 있다. 거기에 분홍빛인지 흰빛인지 알 수 없는 꽃이 한가하게 핀다. 부드러운 잎사귀도 어른어른 걸쳐져 있다. 평하자면 명자나무 꽃은 꽃 중에서 어리석고도 깨달음을 얻은 꽃이라 해야 할 것이다. 세상에는 혼자만의 수수한 삶을 사는 사람이 있다. 그 사람이 내세에 환생하면 아마 명자나무가 될 것이다. 나도 명자나무가 되고 싶다.

어렸을 때 꽃이 피고 잎이 달린 명자나무를 꺾어 가지 모양을 재미있게 만들어 붓걸이로 쓴 적이 있다. 책상에 올려둔 붓걸이에 2전 5리짜리 무심필(無心筆)[5]을 걸어두고 하얀 붓끝이 꽃과 잎 사이로 어른거리는 것을 즐겼다. 그날은 명자나무 붓걸이만을 걱정하며 잤다. 이튿날 눈을 뜨자마자 일어나 책상 앞으로 가보니 꽃은 시들고 잎은 말라버렸고 하얀 붓끝만 여전히 빛나고 있었다. 그렇게 예쁘던 것이 하룻밤 사이에 왜 이렇게 말라버릴까, 하고 그때는 미심쩍은 생각에 견딜 수가 없었다. 지금 생각하면 그때가 더 세상일에 초연했다.

눕자마자 눈에 띈 명자나무는 20년 된 오랜 친구다. 바라보고 있으니 점차 정신이 아득해지며 기분이 좋아진다. 또 시흥이 떠오른다.

5 다른 종류의 털로 속을 박지 않은 붓.

누워서 생각한다. 시구 하나를 얻을 때마다 사생첩에 적어간다. 조금 있으니 완성된 것 같다. 처음부터 다시 읽어본다.

出門多所思 春風吹吾衣
芳草生車轍 廢道入霞微
停筇而矚目 万象帶晴暉

聽黃鳥宛轉 觀落英紛霏
行盡平蕪遠 題詩古寺扉
孤愁高雲際 大空斷鴻歸

寸心何窈窕 縹緲忘是非
三十我欲老 韶光猶依依
逍遙隨物化 悠然對芬菲

문을 나서니 상념이 많은데
봄바람이 내 옷을 스치네.
향기로운 풀은 바퀴 자리에 자라고,
인적 끊어진 길은 봄 안개에 희미하네.
지팡이를 멈추고 바라보니,
만물이 맑은 빛을 띠고 있네.

휘파람새의 순한 울음소리 들으며,
하늘하늘 지는 꽃잎을 바라보네.

들에서 멀리 가,
오래된 절 문에 시를 적네.
고독한 우수로 구름 끝은 높고,
드넓은 하늘에는 짝 잃은 기러기 돌아가네.

마음은 왜 이리 그윽한지,
한없이 넓어 옳고 그름을 잊었네.
서른이 되어 나는 늙으려 하고,
봄날의 한가한 빛은 여전히 부드럽네.
소요하며 만물의 유전(流轉)에 따라,
느긋하게 향기로운 꽃향기를 마주하네.

아아, 됐다, 됐어. 이것으로 다 됐다. 누워서 명자나무를 바라보며 세상을 잊고 있는 느낌이 잘 드러났다. 명자나무가 나오지 않아도, 바다가 나오지 않아도 느낌만 드러나면 그것으로 족하다. 이렇게 흥얼거리며 기뻐하고 있으니, 에헴, 하는 사람의 기침 소리가 들렸다. 그 소리에 나는 깜짝 놀랐다.

돌아누워 소리 나는 쪽을 보니 산부리를 돌아 잡목 사이로 한 사내가 나타났다.

갈색 중절모를 쓰고 있다. 중절모의 형태는 망가졌고 비스듬한 헝겊 테 아래로 눈이 보인다. 눈의 모습은 모르겠지만 분명히 두리번거리는 것 같다. 남빛 줄무늬 옷의 뒷자락을 걷어 올리고 맨발에 나막신을 신은 차림새는 어쩐지 판단이 서지 않는다. 텁수룩하게 내버려둔 수염만으로 판단하면 영락없이 산적이다.

사내는 샛길을 내려가는가 싶더니 모퉁이에서 다시 돌아왔다. 원래 왔던 길로 모습을 감추는가 싶더니 그것도 아니었다. 또다시 걸어온다. 이 풀밭을 산책하는 사람 말고는 이렇게 왔다 갔다 하지 않을 것이다. 하지만 저것이 산책하는 모습일까. 하지만 저런 사내가 이 부근에 살고 있다고는 생각되지 않는다. 사내는 이따금 걸음을 멈춘다. 고개를 갸우뚱한다. 그리고 사방을 둘러본다. 깊은 생각에 잠긴 것 같기도 하다. 사람을 기다리고 있는 것처럼 보이기도 한다. 뭐가 뭔지 알 수가 없다.

나는 이 불온한 사내에게서 결국 눈을 뗄 수가 없었다. 특별히 무섭지도 않고 또 그림으로 그리고 싶은 생각도 들지 않는다. 그저 눈을 뗄 수 없었을 뿐이다. 오른쪽에서 왼쪽으로, 왼쪽에서 오른쪽으로 사내를 따라 눈을 움직이는 사이에 사내는 우뚝 멈췄다. 멈춤과 동시에 다른 한 인물이 내 시야에 들어왔다.

두 사람은 서로를 알아본 듯 점차 서로에게 다가간다. 내 시야는 점차 좁아지고 들판 한가운데에서 한 점의 좁은 간격으로 겹쳐진다. 두 사람은 봄의 산을 등지고 봄 바다를 앞에 두고 딱 마주섰다.

사내는 물론 예의 산적이다. 상대는? 상대는 여인이다. 나미 씨다.

나는 나미 씨의 모습을 본 순간 바로 오늘 아침의 단도를 연상했다. 혹시 품에 숨기고 있지나 않을까 생각하니 아무리 비인정한 나도 가슴이 서늘했다.

남녀는 서로 마주본 채 한동안 같은 자세로 서 있다. 움직일 기미가 보이지 않는다. 입은 움직이고 있는지도 모르지만, 말은 전혀 들리지 않는다. 사내는 드디어 고개를 떨어뜨렸다. 여인은 산 쪽을 본다. 얼굴은 내 눈에 들어오지 않는다.

산에서는 휘파람새가 운다. 여인은 휘파람새의 울음소리를 듣고 있는 것으로도 보인다. 잠시 후 사내는 숙이고 있던 고개를 들고 발길을 돌리려고 한다. 예삿일이 아니다. 여인은 몸을 휙 틀어 다시 바다 쪽으로 향한다. 오비 사이에서 머리를 내밀고 있는 것은 단도인 듯하다. 사내는 의기양양하게 걸어가기 시작한다. 여인은 두 걸음만 남자의 발길을 따라간다. 여인은 조리를 신었다. 사내가 멈춘 것은 여인이 불러서였을까. 돌아보는 순간, 여인의 오른손이 오비 사이로 향했다. 위험하다!

쓰윽 빠져나온 것이 단도인가 싶었는데 지갑 같은, 뭔가로 싼 물건이다. 내미는 하얀 손 아래로 기다란 띠가 흔들흔들 봄바람에 흔들린다.

한쪽 발을 앞으로 내밀고 허리 위를 약간 뒤로 젖히며 내민 하얀 손목에 보라색 꾸러미. 이런 자세만으로도 충분히 그림이 될 것이다.

보라색으로 잠깐 끊어졌던 화면(畵面)이 5에서 10센티미터 간격을 두고, 돌아보는 사내의 몸놀림으로 꼭 알맞게 이어져 있다. 부즉불리(不卽不離)란 이런 찰나의 모습을 형용하는 말이라 생각한다. 여인은 앞에서 끄는 자세이고 남자는 뒤로 끌리는 모습이다. 하지만 실제로는 끌고 가지도 끌려가지도 않는다. 두 사람의 인연은 보라색 지갑이 끝나는 곳에서 뚝 끊어져 있다.

두 사람의 자세가 이처럼 미묘한 조화를 유지하고 있는 동시에 두 사람의 얼굴과 의복은 어디까지나 대조적이어서 그림으로 보면 한층 더 흥미롭다.

땅딸막하고 검은 피부에다 수염이 많은 얼굴, 뚜렷하고 야무지며 갸름한 얼굴에 깃이 길고 민틋하게 내려온 어깨의 가냘픈 모습. 나막신을 걸치고 무뚝뚝하게 몸을 뒤튼 산적과 평소에 입는 거친 비단옷을 나긋나긋하게 차려입은 데다 허리 위를 얌전하게 뒤로 젖히고 있는 가냘픈 몸. 색 바랜 갈색 모자에 남색 줄무늬의 해진 조리 차림과 아지랑이마저 태울 것처럼 빗 자국이 선명한 살쩍 빛깔에, 검정 공단이 빛나는 안쪽에서 힐끗 내보인 오비 끈의 요염함. 모든 것이 그림의 좋은 소재다.

사내는 손을 내밀어 지갑을 받아든다. 끄는 듯 끌리는 듯 교묘하게 균형을 유지하던 두 사람의 위치는 순식간에 무너진다. 여자는 더 이상 끌지 않고 사내는 끌리려고 하지 않는다. 심적 상태가 그림을 구성하는 데 이 정도의 영향을 주리라고는 화가이면서도 지금까지 모르고 있었다.

두 사람은 좌우로 갈라진다. 두 사람에게 마음이 없으니 이제 그림으로서는 지리멸렬하다. 잡목림 입구에서 사내는 한 번 뒤를 돌아보았다. 여인은 뒤도 돌아보지 않는다. 거침없이 이쪽으로 걸어온다. 드디어 바로 내 정면까지 와서 두 번 부른다.

"선생님! 선생님!"

아뿔싸, 언제 들킨 것일까.

"뭔가요?"

나는 명자나무 위로 얼굴을 내민다. 모자는 풀밭에 떨어졌다.

"그런 데서 뭘 하고 계세요?"

"시를 지으며 누워 있었습니다."

"거짓말을 하시네요. 지금 다 보셨죠?"

"지금요? 지금 그거 말인가요? 예, 조금 봤습니다."

"호호호호, 조금이 아니라 많이 보셨을 텐데요."

"실은 많이 봤습니다."

"그거 보세요. 자, 잠깐 이쪽으로 나오세요. 명자나무 아래에서 나오세요."

나는 그저 시키는 대로 명자나무 아래에서 나온다.

"아직도 명자나무 아래서 할 일이 있는 건가요?"

"이제 없습니다. 돌아갈까 생각 중입니다."

"그럼 같이 가실까요?"

"예."

나는 다시 그녀가 시키는 대로 명자나무에서 물러나 모자를 쓰고 화구를 정리하여 나미 씨와 함께 걷기 시작한다.

"그림 그리셨어요?"

"그만뒀습니다."

"이곳에 오셔서 아직 한 장도 그리지 못하셨지요?"

"예."

"애써 그림을 그리려 오셨는데 전혀 그리지 못하셨으니 재미없겠네요."

"뭐 그렇지도 않습니다."

"어머, 그래요? 왜죠?"

"왜고 뭐고 아주 재미있습니다. 그림이야 그리든 그리지 않든 결국 같은 것이지요."

"그거 신소린가요?[6] <u>호호호호</u>, 꽤나 한가하시군요."

"이런 곳에 온 이상 한가하게 지내지 않으면 온 보람이 없지 않겠습니까?"

6 바로 앞의 대사에 발음이 같은 전혀 다른 뜻의 말('つまる'와 'つまるところ')을 한 문장 안에 썼기 때문이다.

“뭘요, 어디에 있든 한가하게 있지 않으면 살아 있는 보람이 없지요. 저도 조금 전과 같은 장면을 보여도 전혀 창피하다고 생각하지 않습니다.”

“창피하게 생각하지 않아도 좋겠지요.”

“그럴까요? 선생님은 지금 그 남자를 대체 어떤 사람이라 생각하시나요?”

“글쎄요. 아무래도 그리 부자는 아닌 것 같던데요.”

“호호호, 잘 맞추셨어요. 선생님은 뛰어난 점쟁이시군요. 그 남자는 가난해서 일본에 있을 수 없다며 저한테 돈을 빌리러 온 거예요.”

“아하, 그렇군요. 어디서 왔는데요?”

“성안에서 왔습니다.”

“꽤나 멀리서 왔군요. 그래, 어디로 간답니까?”

“잘은 모르지만 만주로 간다는데요.”

“뭐 하러 가는 건데요?”

“뭐 하러 가느냐고요? 돈을 벌려고 가는지 죽으러 가는지, 저는 모르겠어요.”

이때 나는 눈을 들어 잠깐 여인의 얼굴을 보았다. 이제 막 다문 입가에서는 희미한 웃음의 그림자가 사라지려 하고 있다. 의미는 알 수 없다.

“그 사람은 제 남편이에요.”

대처할 여유도 주지 않고 갑작스럽게 여인은 돌연 칼을 내리친 것이다. 나는 완전히 기습공격을 당하고 말았다. 물론 그런 것을 물어볼 생각이 없었고, 여자도 설마 이런 것까지 드러낼 생각은 하지 않고 있었다.

"어때요, 놀라셨지요?"
여자가 묻는다.
"예, 좀 놀랐습니다."
"지금의 남편이 아니라 이혼한 남편이에요."
"그렇군요, 그래서요……?"
"그뿐이에요."
"그런가요?…… 저기 귤 산에 하얀 벽의 멋진 집이 있잖아요, 그거 아주 좋은 위치에 있던데 누구 집인가요?"
"그건 오빠 집이에요. 돌아가는 길에 잠깐 들렀다 가시겠어요?"
"볼일이라도 있는 건가요?"
"네, 부탁받은 게 좀 있어서요."
"그럼 같이 가죠, 뭐."
샛길로 들어서는 어귀로 나가 마을로 내려가지 않고 곧바로 오른쪽으로 꺾어 다시 백 미터쯤 오르니 문이 나온다. 문에서 현관으로 가지 않고 바로 뜰 입구로 돈다. 여인이 거침없이 성큼성큼 들어서기에 나도 거침없이 성큼성큼 들어선다. 남향의 뜰에 종려나무 서너 그루가 있고 토담 아래는 바로 귤나무 밭이다.
여인은 곧장 툇마루 끝에 걸터앉아 말한다.
"경치가 좋네요. 보세요."
"예, 좋네요."
장지문 안쪽은 인기척도 없이 고요하다. 여인은 자신이 찾아왔다는 걸 알릴 기색도 없다. 그저 걸터앉아 귤나무 밭을 태연히 내려다볼 뿐이다. 나는 이상하게 생각했다. 원래는 무슨 볼일이 있는 것일까.
나중에는 이야기도 하지 않아 결국 두 사람 다 말없이 귤나무 밭만 내려다보고 있다. 한낮에 가까워진 태양은 정면으로 산 일대에 따사로운 빛을 내리쬐고, 헤아릴 수 없이 많은 귤나무 잎은 잎 뒷면까지 데워진 채 반짝이고 있다. 이윽고 뒤쪽 헛간 쪽에서 닭이 큰 소리를 내며 꼬끼오 꼬꼬 하고 운다.

"어머 벌써 정오네요. 할 일을 깜빡하고 있었네…… 규이치! 규이치!"

여인은 엉거주춤한 자세로 굳게 닫혀 있는 장지문을 드르륵 연다. 다다미 열 장 크기의 방은 텅 비어 있고, 가노파[7]의 족자 한 쌍이 공허하게 봄의 도코노마를 장식하고 있다.

"규이치!"

잠시 후 헛간 쪽에서 대답이 들린다. 발소리가 미닫이문 너머에서 멈추더니 문이 활짝 열리자마자 나무 칼집의 단도가 다다미 위에 구른다.

"자, 큰아버지의 작별 선물이야."

오비 사이에 어느새 손이 들어갔는지 나는 전혀 눈치 채지 못했다. 단도는 조용한 다다미 위에서 두세 번 재주를 넘더니 규이치의 발밑으로 달려간다. 너무 느슨하게 만들어진 것인지 언뜻 서늘한 빛이 반짝했다.

7 무로마치 시대 후기에 가노 마사노부(狩野正信)에 의해 시작된 일본화의 한 유파로 15세기에서 19세기까지 일본 회화의 중심이었다. 대담한 붓놀림과 날카로운 테두리선이 특징이다.

# 13

규이치를 물윗배로 요시다의 정거장까지 배웅한다. 배 안에 앉아 있는 이는 배웅을 받는 규이치와 배웅하는 노인, 나미 씨, 나미 씨의 오빠, 짐 나르는 걸 도와주는 겐베, 그리고 나다. 물론 나는 그냥 따라가는 사람에 지나지 않는다.

그냥 따라가는 거라도 부르면 간다. 무슨 의미인지 몰라도 간다. 비인정의 여행에 사려는 필요 없다. 배는 뗏목에 테두리를 붙인 것처럼 바닥이 평평하다. 노인이 가운데, 나와 나미 씨가 고물에, 규이치와 나미 씨의 오빠가 이물에 자리를 잡았다. 겐베는 짐과 함께 혼자 떨어져 있다.

"규이치, 전쟁을 좋아해, 싫어해?"

나미 씨가 묻는다.

"나가보지 않으면 모르지. 힘든 일도 있겠지만 유쾌한 일도 생기겠지."

전쟁을 모르는 규이치가 말한다.

"아무리 힘들어도 국가를 위해서니까."

노인이 말한다.

"단도 같은 걸 받으니까 전쟁에 나가고 싶은 생각이 좀 들지 않아?"

여인이 또 묘한 걸 묻는다.

"그렇지 뭐."

규이치가 가볍게 수긍한다. 노인은 수염을 쓸어 올리며 웃는다. 사촌형은 모른 체하고 있다.

"그렇게 태평해서 전쟁이나 할 수 있겠어?"

여인은 사정이야 어떻든 하얀 얼굴을 규이치 앞으로 내민다. 규이치와 사촌형이 잠깐 마주보았다.

"나미가 군인이 되면 아마 굉장히 강할 거야."

오빠가 여동생에게 건넨 첫 마디가 이것이다. 말투로 보건대 단순한 농담으로 보이지는 않는다.

"내가? 내가 군인? 내가 군인이 될 수만 있다면 진작 되었겠지. 지금쯤 죽었을 거고. 규이치, 너도 죽는 게 좋아. 살아서 돌아오면 좋지 않은 소문이 나니까."

"그런 엉터리 같은 말이 어디 있어? 그저 무사히 돌아와야지. 죽는 것만이 국가를 위하는 게 아니야. 나도 2, 3년은 더 살 생각이야. 또 만날 수 있을 거야."

노인의 말꼬리를 길게 끌어당기면 꼬리가 가늘어지고 결국에는 눈물 줄기가 된다. 다만 남자인 만큼 마음속을 다 드러내지는 않는다. 규이치는 아무 말도 하지 않고 고개를 옆으로 돌린 채 강가 쪽을 보았다.

강가에는 큼직한 버드나무가 있다. 그 밑에 조그마한 배를 매놓고 한 사내가 열심히 낚싯줄을 응시하고 있다. 일행을 태운 배가 느릿느릿 물살을 남기며 그 앞을 지났을 때 그 사내는 문득 고개를 들었고 규이치와 눈이 마주쳤다. 눈을 마주친 두 사람 사이에는 아무런 전기도 통하지 않는다. 사내는 물고기만 생각하고 있다. 규이치의 머릿속에는 한 마리의 붕어도 머물 여지가 없다. 일행이 탄 배는 조용히 강태공 앞을 지나간다.

니혼바시를 지나는 사람의 수는 1분에 몇백 명인지 모른다. 만약 다리 근처에 서서 지나는 사람의 마음에 맺힌 갈등을 일일이 들을 수 있다면 이 뜬세상은 눈이 팽팽 돌 정도로 어지러워 살기 힘들 것이다. 다만 서로 모르는 사람으로 만나고, 모르는 사람으로 헤어지기에 오히려 니혼바시에 서서 전차 깃발을 흔드는 지원자도 나오는 것이다. 강태공이 규이치의 울먹인 얼굴에 아무런 설명도 요구하지 않은 것은 다행스러운 일이다. 돌아보니 안심하고 낚시찌를 주시하고 있다. 아마도 러일전쟁이 끝날 때까지 주시할 모양이다.

강폭은 그리 넓지 않다. 깊지도 않다. 흐름은 느릿하다. 뱃전에 기대 물 위를 미끄러져 어디까지 가는가, 봄이 다 가고 사람이 떠들어대고 우연히 마주치고 싶어 하는 곳까지 가지 않으면 멈추지 않는다. 비린내 나는 한 점 피를 미간에 찍은 이 청년은 우리 일행을 사정없이 끌고 간다. 운명의 끈은 이 청년을 멀고 어둡고 끔찍한 북쪽 나라까지 끌고 가기에, 어느 날 어느 달 어느 해의 운명에 이 청년과 휘감기게 된 우리는 그 운명이 다하는 곳까지 이 청년에게 끌려가지 않으면 안 된다. 운명이 다할 때 그와 우리 사이에 문득 끈이 끊어지는 소리가 나고, 그 사람 한 사람만이 어쩔 수 없이 운명 앞으로 이끌린다. 남는 우리도 어쩔 수 없이 남아야 한다. 간청을 해도, 몸부림을 쳐도 끌려갈 수는 없다.

배는 흥미로울 정도로 편안하게 흘러간다. 강 양쪽 언덕에는 쇠뜨기라도 자라고 있을 것 같다. 둑 위에는 버드나무가 많이 보인다. 드문드문 나지막한 집이 그 사이로 초가지붕을 내민다. 그을린 창문을 드러낸다. 때때로 하얀 집오리를 내놓는다. 집오리는 꽥꽥 울며 강까지 나온다.

버드나무와 버드나무 사이에 하얗고 선명하게 빛나는 것은 백도(白桃)인 듯하다. 찰탁찰탁 베 짜는 소리가 들린다. 찰탁찰탁 하는 베틀 소리 사이로 여인네의 노래가, 하아이 이요우, 하고 물 위까지 울린다. 무슨 노래인지 전혀 알 수 없다.

"선생님, 저를 좀 그려주세요."

나미 씨가 주문한다. 규이치는 사촌형과 줄곧 군대 이야기를 하고 있다. 노인은 어느새 꾸벅꾸벅 졸기 시작한다.

"그려드리지요."

사생첩을 꺼낸다.

봄바람에 저절로 풀리는 공단에 적은 글은 무엇인가

이렇게 적어 보인다. 여인은 웃으며 말한다.

"이런 일필휘지로는 안 돼요. 좀 더 제 기질이 나오도록 정성껏 그려주세요."

"저도 그렇게 그리고 싶지만 아무래도 당신 얼굴만으로는 그림이 되지 않아서요."

"말이 좀 심하네요. 그럼 어떻게 해야 그림이 되는 건데요?"

"뭐 지금도 그림이 되긴 합니다만, 그냥 좀 부족한 점이 있어서요.

그게 나오지 않은 걸 그리면 아깝거든요."

"부족하다니, 이런 얼굴로 태어났으니 어쩔 수 없잖아요."

"타고난 얼굴도 여러 가지가 되는 법입니다."

"자기 맘대로 말인가요?"

"예."

"여자라고 아주 사람을 바보 취급하시네요."

"당신이 여자라서 그런 바보 같은 말을 하는 겁니다."

"그럼 당신의 얼굴을 여러 가지로 해서 그려보세요."

"이렇게 매일 여러 가지가 되는 걸로 충분합니다."

여인은 잠자코 건너편을 바라본다. 강변은 어느새 물에 스칠 듯이 낮게 잠겼고, 멀리 보이는 논바닥은 온통 연꽃으로 가득하다. 선명한 주홍색 방울방울이 언제쯤 내린 비에 휩쓸렸는지, 반쯤 녹은 꽃 바다는 안개 속에 끝없이 펼쳐져 있고, 올려다보는 중천에는 우뚝 솟은 산의 한 봉우리가 중턱에서 희미하게 봄 구름을 토해내고 있다.

"선생님은 저 산을 넘어오셨어요?"

여자가 하얀 손을 뱃전 밖으로 내밀어 꿈같은 봄 산을 가리킨다.

"덴구이와가 저 근처인가요?"

"저기 짙은 초록색 아래 보라색으로 보이는 곳이 있지요?"

"저기 햇빛이 비치는 곳이요?"

"햇빛일까요? 벗겨진 거겠지요."

"아니, 움푹 파여 있는데요. 벗겨진 거라면 좀 더 갈색으로 보일 겁니다."

"그럴까요? 아무튼 그 뒤쪽이랍니다."

"그럼 꼬부랑고개는 좀 더 왼쪽인가요?"

"꼬부랑고개는 건너편으로 훨씬 벗어나 있어요. 저 산 너머의 산입니다."

"아하 그렇군요. 하지만 제 짐작으로는 저 옆은 구름이 걸려 있는 근처일 겁니다."

"네, 방향은 그 부근일 거예요."

졸고 있던 노인은 뱃전에서 팔꿈치가 미끄러져 번쩍 눈을 뜬다.

"아직 도착 안 했나?"

가슴을 앞으로 내밀고 오른쪽 팔꿈치를 뒤로 뻗고 왼손을 똑바로 뻗어 흐음 하고 기지개를 켜는 김에 활을 쏘는 흉내를 해 보인다. 여인은 호호호호 웃는다.

"아무래도 이게 버릇이 되어놔서……"

"활을 좋아하시나 봐요."

나도 웃으며 묻는다.

"젊었을 때는 7푼 5리[1]까지 당겼습니다. 의외로 미는 힘은 지금도 건재합니다."

노인은 왼쪽 어깨를 두드려 보인다. 뱃머리에서는 전쟁담이 한창이다.

배는 드디어 마을다운 곳으로 들어선다. 징두리널이 붙은 장지문에 술안주라고 쓴 선술집이 보인다. 고풍스런 새끼줄 포렴이 보인다. 재목을 쌓아두는 곳이 보인다. 이따금 인력거 소리도 들린다. 제비가 지지배배 하며 배를 뒤집으며 난다. 집오리가 꽉꽉 하며 운다. 일행은 배에서 내려 정거장으로 향한다.

드디어 현실 세계로 끌려나왔다. 기차가 보이는 곳을 현실 세계라

1 활을 쥐는 줌통의 두께가 7푼 5리, 즉 약 2.2센티미터쯤 된다는 뜻이다. 팽팽하여 당기는 힘이 많이 필요한 활이다.

고 한다. 기차만큼 20세기 문명을 대표하는 것은 없을 것이다. 수백 명이나 되는 인간을 같은 상자에 집어넣고 굉음을 내며 지나간다. 인정사정없다. 집어넣어진 인간은 모두 같은 정도의 속력으로 동일한 정거장에 멈추고 그리하여 똑같이 증기의 은혜를 입지 않으면 안 된다. 사람들은 기차를 탄다고 한다. 나는 실린다고 한다. 사람들은 기차로 간다고 한다. 나는 운반된다고 한다. 기차만큼 개성을 경멸하는 것은 없다. 문명은 가능한 모든 수단을 동원하여 개성을 발달시킨 후 가능한 모든 방법으로 그 개성을 짓밟으려고 한다. 한 사람 앞에 몇 평의 지면을 주고 그 지면 안에서는 눕든 일어서든 멋대로 하라는 것이 현재의 문명이다. 동시에 이 몇 평의 주위에 철책을 치고 그 밖으로는 한 발짝도 나가서는 안 된다고 위협하는 것이 현재의 문명이다. 몇 평 안에서 마음껏 자유를 누리던 자가 그 철책 밖에서도 마음껏 자유를 누리고 싶은 것은 자연스러운 일이다. 가련한 문명의 국민은 밤낮으로 그 철책을 물고 늘어지며 포효하고 있다. 문명은 개인에게 자유를 주어 호랑이처럼 사납게 날뛰게 한 뒤 다시 우리 안에 던져 넣고 천하의 평화를 유지하고 있다. 이런 평화는 진정한 평화가 아니다. 동물원의 호랑이가 구경꾼을 노려보며 드러누워 있는 것과 마찬가지의 평화다. 우리의 쇠창살이 하나라도 빠지면 세상은 엉망진창이 된다. 제2의 프랑스 혁명은 그때 일어날 것이다. 지금 개인의 혁명은 이미 밤낮으로 일어나고 있다. 북유럽의 위인 입센은 이 혁명이 일어날 만한 상황에 대해 우리에게 구체적으로 그 예증을 보여주었다. 나는 기차가 분별없이 모든 사람을 화물과 마찬가지로 알고 맹렬히 달리는 모습을 볼 때마다 객차 안에 갇혀 있는 개인과, 개인의 개성에 털끝만치의 주의조차 주지 않는 이 쇠바퀴를 비교하며, 위험하다, 위험해, 하고 주의를 주지 않으면 위험하다고 생각한다. 현대의 문명은 이 위험이 코를 찌를 정도로 충만해 있다. 앞을 전혀 내다볼 수 없는 상태에서 분별없이 함부로 날뛰는 기차는 위험한 표본 가운데 하나다.

정거장 앞의 다과점에 앉아 쑥떡을 바라보면서 기차론을 생각했다. 이는 사생첩에 쓸 수도 없고 사람들에게 이야기할 필요도 없기에 잠자코 떡을 먹으면서 차를 마신다.

건너편 탁자에는 두 사람이 앉아 있다. 두 사람 다 짚신을 신었는데, 한 사람은 붉은 담요[2]를 둘렀고, 한 사람은 연두색 작업복을 입고는 무릎에 천을 댄 자리에 손을 올려놓고 있다.

"역시 안 될까?"

"안 되지."

"소처럼 위장이 두 개라면 좋을 텐데."

"두 개 있으면 바랄 게 없겠지. 하나가 망가지면 잘라내면 되니까."

이 촌놈은 위장병을 앓고 있는 모양이다. 그들은 만주 벌판에 부는 바람 냄새도 모른다. 현대 문명의 폐해도 알지 못한다. 혁명이 어떤 것인지, 그 말조차 들어본 적이 없을 것이다. 어쩌면 자신의 위장이 하나인지 둘인지 그것조차 알지 못할 것이다. 나는 사생첩을 꺼내 두 사람의 모습을 그렸다.

딸랑딸랑, 하고 벨이 울린다. 차표는 이미 사두었다.

"자, 갑시다."

나미 씨가 일어선다.

"그래."

2 붉은 담요(赤毛布)는 시골뜨기나 촌놈이라는 뜻도 있다. 메이지 시대에 도쿄를 구경하러 온 시골 사람들이 붉은 담요를 두르고 있었던 데서 비롯된 말이다.

노인도 일어선다. 일행이 모두 개찰구를 빠져나가 플랫폼으로 나간다. 벨이 연달아 울린다.

굉음을 내며 하얗게 빛나는 철로 위를 문명의 긴 뱀이 꿈틀거리며 다가온다. 문명의 긴 뱀은 입에서 검은 연기를 내뿜는다.

"이제 작별이구나."

노인이 말한다.

"그럼 건강하세요."

규이치가 머리를 숙인다.

"죽어서 돌아와."

나미 씨가 다시 말한다.

"짐은 왔어?"

사촌형이 묻는다.

뱀은 우리 앞에서 멈춘다. 옆구리의 문이 여러 개나 열린다. 사람들이 나오기도 하고 들어가기도 한다. 규이치가 탔다. 노인도 사촌형도 나미 씨도 나도 바깥에 서 있다.

일단 차바퀴가 돌면 규이치는 이미 우리 세상 사람이 아니다. 멀고 먼 세계로 가버린다. 그 세계 사람들은 화약 냄새 속에서 일하고 있다. 그리하여 붉은 것에 미끄러지고 마구 넘어진다. 하늘에서는 쾅쾅 하는 소리가 크게 울린다. 이제 그런 곳으로 가는 규이치는 기차 안에 서서 말없이 우리를 바라보고 있다. 우리를 산속에서 끌어낸 규이치와 끌려나온 우리의 운명은 여기서 끊어진다. 이미 끊어지려 하고 있다. 기차의 문과 창이 열려 있을 뿐, 서로의 얼굴이 보일 뿐, 가는 사람과 머무는 사람 사이가 2미터쯤 떨어져 있을 뿐, 운명은 이미 끊어지려 하고 있다.

차장이 문을 탁탁 닫으면서 이쪽으로 달려온다. 문 하나를 닫을 때마다 가는 사람과 보내는 사람의 거리는 점차 멀어진다. 드디어 규이치가 탄 객차의 문도 탁 닫혔다. 세계는 이제 두 개가 되었다. 노인은 엉겁결에 창가로 다가간다. 청년은 창문으로 머리를 내민다.

"위험해요. 출발합니다."

이런 목소리 아래로 미련 없는 쇠바퀴 소리가 덜커덕덜커덕 하고 박자를 맞추며 움직이기 시작한다. 창은 하나둘 우리 앞을 지나간다. 규이치의 얼굴이 작아지고 마지막 삼등열차가 내 앞을 지나갈 때 창문 안에서 또 하나의 얼굴이 나왔다.

갈색의 빛바랜 중절모 아래로 텁수룩한 수염의 산적이 이별을 아쉬워하며 고개를 내밀었다. 그때 나미 씨와 산적은 엉겁결에 마주보았다. 쇠바퀴는 덜커덕덜커덕 돌아간다. 산적의 얼굴은 곧바로 사라졌다. 나미 씨는 망연히 떠나는 기차를 바라본다. 그 망연함 속에는 신기하게도 지금껏 느껴본 적이 없는 '연민'이 가득 떠 있다.

"그거예요! 그거! 그게 나오면 그림이 됩니다."

나는 나미 씨의 어깨를 두드리며 조그만 소리로 말했다. 내 가슴속의 화면(畵面)은 바로 이 눈 깜짝할 사이에 이루어진 것이다.

■ 해설

# 『풀베개』 무렵의 소세키, 비교의 망령 혹은 잔여

황호덕(문학평론가, 성균관대 부교수)

## 1. 『풀베개』 쓸 무렵 — 서양에도 없는 소설, 하이쿠적 소설의 탄생 경위

『풀베개』는 1906년 9월 문예잡지 《신쇼세쓰(新小說)》에 발표되었다. 바로 전해인 1905년, 39세의 나이에 다카하마 교시(高浜虛子)의 권유로 『나는 고양이로소이다』를 《호토토기스》에 발표하여 큰 호평을 얻은 소세키는 『도련님』을 막 끝낸 후, 게사쿠(戱作)적 유머와 결별하고 자신의 예술론을 집약한 이 작품을 상재하기에 이른다. 그 사이에 역사적 사건으로는 일본이 러일전쟁에 승리했으며, 문학적으로는 시마자키 도손(島崎藤村)의 『파계(破戒)』(1906년 4월)가 일본 문단을 강타했다. 이 작품 탈고 후인 1907년 소세키는 도쿄제국대학 강사직을 그만두고 도쿄《아사히 신문》에 전속작가로 입사하게 된다. 『풀베개』는 소세키가 문학가로서 큰 전환기에 쓴 작품이자, 평생 그가 문제로 삼았던 동서 비교문명론 및 근대적 삶과 예술의 문제에 대한 사고가 집약된 일종의 예술가 소설이라고 할 수 있다.

『풀베개』 탈고를 전후하여 소세키의 문명관이나 예술관에 커다란 변화가 있었음은 잘 알려져 있다. 이 시기 이전에 소세키는 서양화의 공포, 오염된 주체라는 문제에 시달리고 있었다. "일본은 서양화될 것이다. (……) 문학에서만큼은 내가 일본인임에 입각하여 이 압박에 항거하자고 한다"(「단편」, 1901~1902)라는 그의 생각은 "문장을 쓸 때도 일본어로 쓰면 서양어가 막 섞여 나옵니다. 또 서양어로 쓰려 하면 힘들어져서 일본어로 쓰고 싶어지나, 수습이 안 되는 문장이 되어버립니다"(「다카하마 교시에게 보낸 서한」, 1902)라는 고통의 토로에서 알 수 있듯, 실제로는 좌절을 거듭했다. 1903년 영국에서 귀국한 뒤 라프카디오 한의 후임으로 도쿄제국대학의 강사가 되었지만, 그의 영문학 개설은 전혀 인기가 없었으며, 설상가상으로 취임 두 달이 못 되어 자신에게 힐난을 당한 제1고등학교 제자 후지무라 미사오(藤村操)가 게곤(華嚴) 폭포에서 투신자살하게 된다(이 사건은 『풀베개』에도 그 흔적을 남기고 있다).

그해 6월 의사로부터 "신경쇠약이 아니라 정신병의 일종이 아닐까" 하는 진단을 받은 소세키에게 문학은 하나의 출구였지만, 런던 시대 이래의 인종적·문명적 공포는 그의 의식에 어두운 그림자를 드리우고 있었다. 소세키가 초기작들에서 에도 이래의 게사쿠나 유머에 매달린 것은 그에 대한 반대급부였는지 모른다. 후에 그는 "금빛 문자의 이름이 모두 서양어"인 세계에 둘러싸인 이때의 심정을 "부모의 유산으로 받은 재산이 아니라, 타인의 집에 양자로 들어가 모르는 사람에게 얻은 재산이"(「동양미술도보」, 1910)었다 회고한다.

러일전쟁의 승리는 소세키의 의식에도 결정적인 전환을 가져왔다. 근대화·서양화의 공포는 러일전쟁 승리를 기점으로 점차 "일본인에게는 일본인의 특성이 있다. 일률적인 서양 모방은 문제적이다. 서양만이 모범이 아니며, 우리도 모범이 될 수 있다. 서양에 이기지 못하라는 법은 없다"(「전후 문학계의 추세」, 1905)라는 자신감으로 일변하고 있었다. 서양의 양자라는 의식은, 서양이라는 적을 상대로 한 전쟁에서 승리함으로써, 서양이 결여한 것이 무엇인지에 대한 천착으로 나아갔다. 경탄의 대상이 아니라 결여의 대상으로서 서양을 재발견하게 된 것이다. 경탄과 경이가 강박적인 따라잡기나 "졸부처럼 그저 앞으로 떠밀려 간다"는 자괴감으로 나타났다면, 적대는 '인디펜던트'라는 감각을 활성화시켰으며, 승리는 일본인이라는 자각과 서양이 결여한 것과 일본만이 가진 것에 대한 탐구로 나아가게 했던 것이다.

『풀베개』는 바로 이러한 지속되는 긴장과 신경쇠약이 질적 전환에 이른 시기에 창작된 작품으로 (서양) '따라잡기'가 아니라 (서양에) '견주기' '대등해지기'라는 명제를 예술의 영역에서 시험해본 소설이었다. 소세키의 표현대로라면 "서양에도 없는 소설" "하이쿠적 소설"을 염두에 두고 쓴 미증유의 소설인 셈이다.

## 2. 여유파의 자연 — 인정과 비인정 사이의 표정, 비교문명론자의 곤혹

지(智), 정(情), 의(意) 어느 것을 붙잡더라도 세상은 살기 어렵다. 서양화가인 '나'는 문명 세계에 지쳐 있고, 세상 어딜 가도 살기 좋은 장소는 없으리라는 각오랄까, 단념에 익숙한 사람이다. 하이쿠를 즐겨 쓰는 이 화가는 "내가 바라는 시는 그런 세속적인 인정을 고무하는 것이 아니다. 속된 생각을 버리고 잠시라도 속세를 떠난 마음이 될 수 있는 시다"(21쪽)라고 생각한다. 시와 그림에서만은 속세의 정을 떠나 왕유와 도연명의 시경(詩境)에 들어 소요(逍遙)하고자 나코이로 '비인정(非人情)'의 여행을 떠난다. "기선, 기차, 권리, 의무, 도덕, 예의로 기진맥진한 뒤 모든 것을 망각하고 푹 잠든 것 같은 공덕"을 찾아 떠나는 여행에서 나=화공은 고개를 넘고 넘어 나코이의 온천장에 이르고 거기서 아름다운 여인 나미를 만난다. 이혼 후 본가에 돌아와 있는 그녀는 한밤중에 기모노를 차려입고 객사를 배회하거나, 화공이 쓴 하이쿠에 대거리를 하는 글을 써놓고 나가거나, 온천 욕탕에 갑작스레 들어왔다 나가거나 하는 언동을 보인다. 화공은 그녀로부터 인정을 넘어서 있는 듯한 강렬한 개성을 느끼고 그 모습에 압도당한다. 그녀로 인해 나코이는 더욱 비인정의 장소, 의식이 잠자는 세계, 광기나 신경쇠약의 피안인 고뇌 없는 별건곤(別乾坤)으로 비쳐진다. 화공은 나코이에서의 감흥을 한시, 하이쿠, 또 예술론으로 피력해가지만 어쩐 일인지 그림은 한 장도 그리지 못한다.

나코이의 전설에 나오는 두 남자에게 사랑받는 상태를 못 견디고 몸을 던진 여인의 이야기와 셰익스피어의 『햄릿』, 아니 밀레이(John E. Millais)의 〈오필리아〉를 견주며, 화공은 그릴 수 없는 그림을 대신하는 한시와 하이쿠와 예술론을 끊임없이 '말한다', 아니 늘어놓는다. 그리고 마침내 인접한 간카이지(觀海寺) 뒤편의 가가미가 연못에서 "동백꽃이 영원히 떨어지고 여인이 영원히 물에 떠 있는 느낌 (……) 인간을 떠나지 않고 인간 이상의 영원이라는 느낌을 내는 것"(138쪽)을 자신이 그려야 할 '마음'의 그림으로 결정짓는다. 과연, "꿈꾸는 일에서만 인생의 어떤 가치를 찾으려는 화공"은 나코이의 온천장에 묵은 첫날 하나의 예지몽을 꾼 바 있었다.

새근새근 잠이 든다. 꿈속으로

나가라의 처자가 후리소데를 입고 검푸른 말을 타고 고개를 넘으니 느닷없이 사사다오토코와 사사베오토코가 뛰쳐나와 양쪽에서 잡아당긴다. 여자는 갑자기 오필리아가 되어 버들가지에 올라타 강물을 따라 흘러가면서 아름다운 목소리로 노래를 부른다. 그녀를 구하려고 긴 장대를 들고 무코지마로 뒤쫓아 간다. 여자는 힘든 기색도 없이 웃으며 노래하면서 가는 곳도 모른 채 흘러 내려간다. 나는 장대를 메고 이봐요, 이봐요, 하고 부른다.

거기서 눈을 떴다. 겨드랑이에 땀이 찬다. 묘하게 우아한 것과 속된 것이 뒤섞인 꿈을 꾸었다고 생각했다. (44쪽)

화공은 "인간을 떠나지 않고 인간 이상의 느낌을 내는" 우아한 것과 속된 것이 뒤섞인 꿈의 여인으로는 내심 나미가 가장 어울리겠다고 생각하지만, 질투나 증오나 분노나 원한과 같은 격한 감정이 아닌 '연민=아와레(憐れ)'의 정(情)이 그녀의 얼굴에는 없다.

그러던 어느 날 화공은 러일전쟁에 출정하는 나미의 사촌동생 규이치를 전송하는 길에 동행하게 된다. 배를 타고 가는 길에 화공은 규이치와 나미가 나누는 죽음에 관한 대화를 듣는다. 기차역으로 향하며 화공은 다시금 비인정의 한복판으로부터 현실 세계로 들어와버린 자신을 느낀다. 그리고 바로 이 나코이에 돌진해온 기차와 전쟁으로부터, 정확히는 나코이를 떠나 죽음의 시간을 향해 달려가는 기차에 가족을 실어 보내는 나미의 표정으로부터 그가 그토록 찾던 '연민=아와레'를 발견한다.

규이치의 얼굴이 작아지고 마지막 삼등열차가 내 앞을 지나갈 때 창문 안에서 또 하나의 얼굴이 나왔다.

갈색의 빛바랜 중절모 아래로 텁수룩한 수염의 산적이 이별을 아쉬워하며 고개를 내밀었다. 그때 나미 씨와 산적은 엉겁결에 마주보았다. 쇠바퀴는 덜커덕덜커덕 돌아간다. 산적의 얼굴은 곧바로 사라졌다. 나미 씨는 망연히 떠나는 기차를 바라본다. 그 망연함 속에는 신기하게도 지금껏 느껴본 적이 없는 '연민'이 가득 떠 있다.

"그거예요! 그거! 그게 나오면 그림이 됩니다."

나는 나미 씨의 어깨를 두드리며 조그만 소리로 말했다. 내 가슴속의 화면(畵面)은 바로 이 눈 깜짝할 사이에 이루어진 것이다. (185쪽)

출정하는 사촌동생과 만주로 갈 돈을 빌리기 위해 나미를 찾아왔던 헤어진 남편을 연이어 보게 된 나미의 망연해진 얼굴에서 화공은 자신의 그림이 이제 완성될 것이라고 느끼는데 이 대목에서 소설은 끝난다.

소세키는 이 무렵, 다카하마 교시의 단편소설을 예로 들어가며, 지회취미(低徊趣味)에 입각해, 선미(禪味)와 배미(徘美)를 통한 "여유"의 문학이 지닌 가능성에 대해 말한 바 있다(「鷄頭」 序). 이후 소세키 자신이 여유파라 불리게 되거니와, 『풀베개』는 어떤 의미에서 이러한 예술관을 구체화한 작품이자 몽환적인 시적 정취와 도원향으로서의 문학의 한 경지라 일컬어지곤 한다. 작품에 산재한 하이쿠와 한시들은 소세키 자신의 작품들이다. 화공이 서양 예술을 의식하는 한에서 도저히 해낼 수 없었던 화경(畵境)을 시경(詩境)에 의탁한 것이라 하겠다. 흥미로운 것은 서양 예술의 피안에 존재하는 도원경에 대한 화공의 집착에도 불구하고, 화공이 발견한 절대적 오브제인 나미는 비인정이나 별건곤의 인물이 아니라 나코이에서조차 이질적인 도회를 맛본 근대의 여성이었다는 사실이며, 화공 스스로가 동양화가나 일본화가가 아니라 '양화(洋畵)'를 그리는 근대인이라는 사실이다.

여기서의 비인정과 '아와레'는 사물을 보는 방법 혹은 미를 획득하기 위한 방법론이다. 그러나 이 방법론이 '작품화'하는 순간은 비인정 안에서는 결코 찾을 수 없다. 그림 자체로 보자면, 그 순간은 밀레이의 〈오필리아〉를 연상시키는 배경과 그에 겹쳐진 일본 설화의 세계 사이에서, 또 비인정의 세계(나코이)에 틈입해온 잔혹한 인정의 세계(러일전쟁으로 가는 기차) 사이에서 생겨난다.

동양과 서양의 미적 차원에서의 비교는 결국 나미의 연민 어린 표정을 통해 일체화된다. 그것을 동양 미학의 최종적 패배로 보든, 광기와 신경쇠약을 잠재우는 동양미로 보든 『풀베개』에는 분명 저자가 의도했든 안 했든 거대한 아이러니가 가로놓여 있는 셈이다. 이 (불)일치 혹은 아이러니는 곳곳에 산재한다. 소세키, 적어도 화공은 도연명이나 왕유를 이야기하는 순간에조차 셸리의 시를, 동양 회화론을 이야기하는 순간에조차 레싱을, 무관심 판단을 이야기할 때조차 칸트의 도식을 빌리지 않고는 아무 말도 할 수 없는 비교문명론자에 가깝다. 이런 식이다.

다양한 이해관계가 우리를 압박하는 일이 순간순간 간절하기 때문에, 터너가 기차를 그릴 때까지는 기차의 아름다움을 알지 못했고, 오쿄가 유령을 그릴 때까지는 유령의 아름다움을 알지 못하고 지나친 것이다. (48쪽)

주목해야 할 점은 어느 쪽이든 현실은 그림 혹은 시 안에 놓임으로써, 상상적인 것에 의한 역전을 겪음으로써 비로소 발견된다는 점이다. 자연은 인정에 의해 역전되며, 인정은 상상적인 것 안에서만 표현 가능해진다. 작가가 설정한 비인정의 방법론이 패배했다고 간단히 말할 수는 없다. 현실로 돌아와버린 나미를 상상적인 그림 안에 다시 욱여넣음으로써, 러일전쟁을 하나의 표정 안에 새겨 넣음으로써, 소세키가 의도했던 것은 무엇일까. 상상적인 것에 의해 역전된 현실은 과연 러일전쟁의 희생들에 대한 몰각이나, 일본 회귀이기만 했을까.

### 3. 기차는 달려도, '아와레'는 남는다 — 동양미라는 잔여, 노예의 초월성

그렇다면 '아와레'란 무엇일까. 그것은 제3의 그림, 즉 모든 인정을 떠난 마음만의 그림을 만들려 할 때 문제시되는 진정 '인간적인 흥취'이다.

> 보통의 그림은 느낌이 없어도 물체만 있으면 된다. 제2의 그림은 물체와 느낌이 양립하면 된다. 제3의 그림에 이르면 존재하는 것은 오직 마음뿐이기 때문에 그림으로 만들기 위해서는 반드시 이 마음에 적합한 대상을 택하지 않으면 안 된다. 그런데 이 대상은 쉽게 나오지 않는다. 나온다고 해도 쉬이 완성되지 않는다. (90쪽)

제3의 그림이야말로 소세키가 생각한 예술의 한 경지일 터이다. 그러나 이러한 경지는 결코 인정 없이는 완성되지 않는다는 데 아이러니가 있다. 그것은 마치 서양을 통과하지 않고는 결코 일본을 말할 수 없다는 비교문명론적 일본 회귀의 아이러니를 연상시킨다. 전쟁에는 이겼다, 그러나 비교의 망령은 쫓을 수 없다는 의식이 이 소설을 가능하게 했을 것이다.

소세키 자신은 비인정과 아와레의 관계를 설명하며, 아와레란 인정의 일부이고 비인정은 인식의 방법론이라 말한다(「모리타 쇼헤이에게 보낸 편지」, 1906년 9월 30일). 한편 소설에서 쓰고 있는바, "연민은 신이 모르는 정이고, 게다가 신에게 가장 가까운 인간의 정이다"(138쪽). 신이 모르는 정이라면 인간적인 정, 즉 인정(人情)의 세계의 일일 것이며, 신에게 가장 가까운 것이라면 현실이 아닌 '천지(天地)'와 자연의 일일 것이다. 결국 아와레란 인정에 주박된 현실 세계와 비인정의 자연 사이를 넘나드는 얇은 끈과 같은 것일 터이다. 헤어진 남편, 어찌할 수 없는 전쟁, 표정이 완성되기도 전에 달려가버리는 기차. 그림은 완성되었지만, 결코 비인정 미학 안에서, 동양의 미학 아래서 완성된 것이 아니다. 심지어 인정을 떠난다고 했지만, 비인정(非人情)의 자연을 묘사하고 있는 소세키의 필치는 그야말로 인정으로 들끓고 있다.

> 보고 있으니 빨간 것이 물 위로 뚝 떨어졌다. 고요한 봄에 움직인 것은 그저 이 한 송이뿐이다. 잠시 후 다시 뚝 떨어졌다. 저 꽃은 결코 지지 않는다. 무너진다기보다는 단단히 뭉친 채 가지를 떠난다. 가지를 떠날 때는 한 번에 떠나기 때문에 미련이 없는 것처럼 보이지만 떨어져도 뭉쳐 있는 것은 어쩐지 독살스럽다. (137쪽)

가라타니 고진은 『한눈팔기(道草)』의 한 대목을 설명하며 "지식인 소세키의 철저한 상대화를 가능하게 만든 것은 이러한 '자연'의 비정한 눈을 그가 소유하고 있었기 때문이다"(가라타니 고진, 「의식과 자연」)라고 말한 바 있다. 자연이란 의식의 바깥에서 전개되는 "비존재(非存在)의 어둠인데 소세키는 그것을 신이라고도 하늘이라고도 부르지 않는다. 어디까지나 그것은 '자연'이다. 소세키는 초월성을 사물(もの)의 감촉, 바꾸어 말하면 삶의 감촉을 통해서만 찾아내려 했기 때문"이라는 것이다. 바로 이 초월성과 사물의 감촉 사이에 존재하는 것이 '아와레'가 아니었을까(그런 의미에서 『풀베개』는 '소세키 소설'의 진정 자각적인 출발일지 모른다).

만약 인정이 낭만을 뜻한다면, '불인정(不人情)'이란 결국 자연주의적인 냉혹한 시선을 뜻했다 할 수 있다. 낭만주의와 자연주의에 맞선 '여유' 안에 들고자 했던 소세키의 '비인정'이란 그런 의미에서 감정이입의 공감이나 냉혹한 객관화의 저편에 존재하는 제3의 위치였을 터이다. 그리고 이 제3의 위치야말로, '아와레'를 그림 속에 가두어버린 "천지개벽 이래 비근한 유가 없는" 소설, 즉 하이쿠적 소설이었을 터이다.

실로 그림은 나미와 전남편의 관계에 의해, 시골과 만주를 잇는 전쟁의 와중에, 기차로 대변되는 문명의 위험으로부터 도피한 곳에서 다시 보게 된 들끓는 자연 속에서 완성되었으며, 따라서 비인정의 방법론 혹은 "하이쿠적 소설"(「나의 『풀베개』」, 1906)은 결국 완결되지 못한 채 끝난다. 일본의 맛, 일본의 풍광, 동양의 시와 그림에 대한 예찬들의 끝은 기차역에서 멈춘다. 그러나 이 미완 혹은 실패를 소세키의 실패로 보아서는 곤란할 것 같다. "러일전쟁은 대단히 오리지널한 것

입니다. 인디펜던트하다 할 것입니다. (……) 군인이 인디펜던트하다는 것은 그것으로써 증거가 서 있습니다. 서양에 대하여 일본이 예술에서 인디펜던트하다는 것 역시 이제 증거를 세워도 좋을 시기입니다"(「모방과 독립」, 1912년 12월)라는 말의 의도를 반드시 일본 회귀나 모토오리 노리나가 이래의 '모노노아와레(物の憐れ)'의 일본주의 미학으로 읽을 필요는 없을지 모른다. 『풀베개』를 써놓고 "정녕 유신(維新) 당시의 근왕가(勤王家)의 인고를 맛보는 듯한 마음 자세가 되지 않고는 안 된다 여긴다. 자칫 신경쇠약이 되든 미쳐버리든"이라 말하는 소세키의 심정 역시 반드시 메이지 정신으로의 회귀로 읽을 필요는 없을 것이다(물론, 나는 그렇게 읽을 가능성을 배제하지 않기 위해 이렇게 쓰고 있다). 왜냐하면 이 소설은 어디까지나 서양의 '리터래처(literature)'에 대한 비판을 포함한 비교문명론적 비판서로 의도되었기 때문이다. 이런 식이다. "몰인정한 게 아닙니다. 비인정(非人情)하게 반하는 겁니다. 소설도 비인정으로 읽기 때문에 줄거리 같은 건 아무래도 좋은 겁니다." "이야기하면 안 됩니다. 그림도 이야기로 하면 한 푼의 가치도 없어지지 않습니까." "보통의 소설은 다 탐정이 발명한 겁니다. 비인정한 데가 없으니까 전혀 정취가 없지요"(125~126쪽).

소세키가 의도했던 것은 서양 문명, 적어도 서양 소설에 대한 긴 비평이었던 것 같다. "서양의 이상에 압도되어 눈이 먼 일본인은 어떤 의미에서 모두 노예이다"(『태풍』, 1907)라는 의식에서 헤어날 수 없었던 소세키는 (중국이나 조선처럼—필자) "만약 고집을 부려 자력으로 새로운 조건(new condition)에 적응(adopt)하려 하면 적응이 가능해지기 전에 멸망을 부르게 될 염려"(이상은 「노트 1901-1902」, 원문은 군데군데 영어 표기로 되어 있음)가 있다고 말하는 소세키이기도 했다. 기차에 대한 비판은 그래서 형식적인 문명 비판처럼 들린다.

> 나는 기차가 분별없이 모든 사람을 화물과 마찬가지로 알고 맹렬히 달리는 모습을 볼 때마다 객차 안에 갇혀 있는 개인과, 개인의 개성에 털끝만치의 주의조차 주지 않는 이 쇠바퀴를 비교하며, 위험하다, 위험해, 하고 주의를 주지 않으면 위험하다고 생각한다. 현대의 문명은 이 위험이 코를 찌를 정도로 충만해 있다. 앞을 전혀 내다볼 수 없는 상태에서 분별없이 함부로 날뛰는 기차는 위험한 표본 가운데 하나다. (182~183쪽)

기차에서 내릴 수 없다면, 기차를 멈출 수 없다면, 가능한 것은 기차를 저 자연의 그림 안에 욱여넣는 수밖에 없다. 외발적 개화와 따라잡기에 이은 신경쇠약을 근심하는 일—일본인, 메이지인으로서 사유할 수밖에 없었던 소세키가 할 수 있었던 것은 거기까지였다. 노예임에 대한 자각을 지닌 가짜 인디펜던트와 새로운 조건에 적응하려다 멸망한 식민지 사이에서, 서양의 양자로서의 자신과 세상에 지쳐 미증유의 것을 고향에서 찾으려 하는 돌아온 탕아 사이에서 소세키는 풀을 베고 누운 잠시의 '여유'를 향유한다. 그 향유는 문명 안의 계산이 아니라 두고 온 것이라 믿어지는 동양 혹은 자연이라는 잔여의 자리에서 찾아졌다. 잉여(surplus=남긴 것)가 아니라 '잔여'(residual=남겨진 것)인 것이다. 모델로 추정된 값과 경험적 관찰로 얻은 값 사이의 차이(잔여)에 의해 그림은, 소설은 완성된다. 적어도 그 잔여는 아직 아무도 환급받으려 하지 않는 잔여였는데, 왜냐하면 세계 화폐에 의한 계산이 끝나야만 찾을 수 있는 저금이었기 때문이다. 한 가지 분명한 것은 소세키로서는, 이 잔여를 계산하는 비교를 거치지 않고서는 그가 의도한 자기 본위의 소설에 가닿을 수 없었을 것이라는 사실이다.

나쓰메 소세키의 근대관이나 서양관, 특히 일본관에 대해서는 논쟁과 의견이 구구하다. 그가 전형적인 근대주의자였는지, 아니면 반근대주의자였는지. 그의 근대주의가 반서구적 인종론 위에 구축된 것이었는지, 아니면 그의 반근대주의가 일본주의로 경사된 것이었는지. 나아가 반근대주의를 포함한 근대주의야말로 근대성의 핵심인지, 아니면 자기 본위를 일본 국가로까지 확장하는 개인주의야말로 근대 국민국가적 주체의 전형이라 해야 할 것인지 등등. 그리고 이러한 논쟁은 흔히 그가 비판한 것이 근대나 서구 그 자체가 아니라 외발적 개화 혹은 자기 본위 없는 근대였다는 식의 절충론으로 이어지곤 한다. 요컨대 그는 기차에서 내리자고 말한 적은 없다. 그가 그려낸 풍경은 기차 안에서의 사색을 자연에 전도시킴으로써 발생한 것이라고 해야 할 것이다. 또한 그 기차는 풍경에 가두어짐으로써만 광기를 멈출 수 있었다.

근대주의가 근대성에 대한 예찬을 뜻한다면 소세키는 반근대주의자다. 근대성이 모방을 포함하는 저항을 뜻한다면 소세키는 진정 근대주의자다. 『풀베개』는 메이지 유신 이후 40년간의 문명과 예술에 대한 거대한 비판서이자, 비교의 망령을 떠나 진정 어디에도 없는 예술로 나아가기 위해 거쳐야만 했던 베껴진 독립선언으로 읽혀야 한다. 그런 의미에서, 『풀베개』를 읽지 않고 소세키의 문학을 이야기하는 것은 난센스일지 모른다. 그러니, "자, 이 안으로 들어가세요. 벼룩도 모기도 없습니다"(69쪽).

# 나쓰메 소세키 연보

1867년 0세

2월 9일(음력 1월 5일) 현재의 도쿄 신주쿠〔구 에도(江戶) 우시고메바바시타(牛込馬場下)〕에서 출생. 나쓰메 나오카쓰(夏目直克)와 후처 나쓰메 지에(夏目千枝) 사이에서 5남 3녀 중 막내로 태어남. 본명은 나쓰메 긴노스케(夏目金之助). 태어나자마자 요쓰야(四谷)의 만물상에 양자로 보내졌다가 곧 돌아옴.

1868년 1세

11월, 요쓰야의 시오바라 쇼노스케(鹽原昌之助)와 시오바라 야스(鹽原やす) 부부에게 다시 입양됨.

1870년 3세

천연두에 걸려 얼굴에 흉터가 약간 생김. 흉터는 평생 고민거리가 됨.

1872년 5세

시오바라가의 장남으로 호적에 오름.

1874년 7세

4월, 양부모의 불화로 양모와 함께 잠시 친가로 감.

11월, 아사쿠사(淺草)의 도다 소학교에 입학.

1876년 9세

양아버지가 아사쿠사의 동장에서 면직되어, 소세키는 시오바라가에 적을 둔 채 생가로 돌아옴.

5월, 이치가야(市ヶ谷) 소학교로 전학.

1878년 11세

2월, 친구들과 만든 잡지에 「마사시게론(正成論)」을 발표.

4월, 이치가야 소학교 졸업. 긴카(錦華) 학교 소학심상과(小學尋常科)로 전학하고 11월에 졸업.

1879년 12세

3월, 간다(神田)의 도쿄 부립 제1중학교에 입학.

1881년 14세

1월 21일, 생모 나쓰메 지에 사망.

봄에 도쿄 부립 제1중학교 중퇴.

4월경, 한학을 전문으로 가르치는 니쇼(二松) 학사로 전학.

1882년 15세

봄에 니쇼 학사 중퇴.

1883년 16세

봄에 도쿄 대학 예비문(현재의 도쿄 대학 전신 중 하나) 시험 준비를 위해 세이리쓰(成立) 학사에 입학.

1884년 17세

9월, 도쿄 대학 예비문 예과에 입학. 입학 직후 맹장염을 앓음.

1885년 18세

9월, 도쿄 대학 예비문 예과 3급으로 진급.

1886년 19세

7월, 복막염 때문에 학년 말 시험을 치르지 못하고 낙제.

9월, 에토(江東) 의숙 교사가 되어 의숙 기숙사에서 제1고등중학교(도쿄 대학 예비문의 후신)에 다님.

1887년 20세

3월에 맏형이, 6월에 둘째 형이 폐결핵으로 사망.

9월, 제1고등중학교 예과에 진급. 이 시기에 과민성 결막염을 앓음.

1888년 21세

1월, 성을 시오바라에서 나쓰메로 복적.

9월, 제1고등중학교 본과에 진학해서 영문학을 전공.

1889년 22세

1월부터 마사오카 시키(正岡子規)와 친해짐.

5월, 시키의 한시 문집인 『나나쿠사슈(七草集)』에 대해 한문으로 평을 씀. 9편의 칠언절구를 덧붙이면서 처음으로 '소세키'라는 호를 사용.

9월, 한문체의 기행문집 『보쿠세쓰로쿠(木屑錄)』 탈고.

1890년 23세

7월, 제1고등중학교 본과 졸업.

9월, 도쿄제국대학 영문학과 입학. 문부성 대비생(貸費生)이 됨.

1891년 24세

7월, 문부성 특대생이 됨. 셋째 형의 부인 도세(登世)가 입덧 때문에 죽자 큰 충격을 받음. 딕슨 교수의 부탁으로 『호조키(方丈記)』를 영역.

1892년 25세

4월 5일, 병역을 피할 목적으로 친가로부터 분가하여 본적을 홋카이도(北海道)로 옮김.

5월, 도쿄 전문학교(현재의 와세다 대학)의 강사가 됨.

8월, 마사오카 시키가 그의 고향인 시코쿠(四國) 마쓰야마(松山)에서 요양 중일 때 방문하여 다카하마 교시(高浜虛子)를 처음 만남.

1893년 26세

7월, 도쿄제국대학을 졸업하고 대학원에 진학.
10월, 도쿄 고등사범학교의 영어 촉탁 교사가 됨.

1894년 27세

12월 말~1895년 1월, 폐결핵에 걸려 가마쿠라(鎌倉)의 엔카쿠지(圓覺寺)에서 참선을 하며 치료에 임함. 일본인이 영문학을 한다는 것에 위화감을 느끼며 이즈음 신경쇠약 증세가 심해짐.

1895년 28세

4월, 시코쿠 에히메(愛媛) 현에 있는 보통중학교에 부임(월급 80엔).
8월~10월, 시키가 마쓰야마로 돌아와 소세키의 하숙집에서 함께 생활. 하이쿠에 열중하며 많은 가작(佳作)을 남김. 이곳에서의 경험은 『도련님(坊っちゃん)』의 소재가 됨.
12월, 귀족원 서기관장(현재의 참의원 사무총장) 나카네 시게카즈(中根重一)의 장녀 나카네 교코(中根鏡子)와 맞선을 보고 약혼.

1896년 29세

4월, 구마모토(熊本)의 제5고등학교 강사로 부임(월급 100엔).
6월 9일, 나카네 교코와 결혼. 구마모토에서 신혼 생활을 시작.
7월, 제5고등학교의 교수가 됨.

1897년 30세

4월, 교사를 그만두고 문학에 전념하고 싶다는 뜻을 시키에게 편지로 알림.

6월 29일, 아버지 나쓰메 나오카쓰 사망.

7월, 교코와 함께 도쿄로 감. 구마모토에서 도쿄까지의 장거리 여행이 원인이 되어 교코가 유산.

12월, 오아마(小天) 온천을 여행하며 『풀베개(草枕)』의 소재를 얻음.

1898년 31세

6월, 제5고등학교 학생으로 문하생이 된 데라다 도라히코(寺田寅彦) 등에게 하이쿠를 지도. 도라히코는 『나는 고양이로소이다(吾輩は猫である)』에 나오는 이학사 간게쓰의 모델로 알려짐.

7월, 교코가 히스테리 증세를 보이며 구마모토 현의 자택 가까이에 흐르는 시라카와(白川)의 이가와부치(井川淵) 하천에 뛰어들어 자살을 기도했지만 근처에 있던 어부가 구함.

1899년 32세

5월, 맏딸 후데코(筆子)가 태어남.

6월, 영어과 주임이 됨.

9월, 구마모토 주위에 있는 아소(阿蘇) 산을 여행하며 『이백십일(二百十日)』의 소재를 얻음.

1900년 33세

6월, 문부성으로부터 영문학 연구를 위해 2년 동안 영국 유학을 다녀오라는 명을 받음(유학비 연 1,800엔).

9월 8일, 요코하마에서 출항.

10월 28일, 런던 도착.

1901년 34세

1월 26일, 둘째 딸 쓰네코(恒子)가 태어남.

5~6월 화학자 이케다 기쿠나에(池田菊苗)가 런던을 방문해서 함께 하숙. 이케다의 영향으로 『문학론』 구상을 결심하고 귀국할 때까지 저술에 몰두.

7월, 신경쇠약 재발.

1902년 35세

3월, 장인 나카네 시게카즈에게 편지를 보내 영일동맹 체결에 들뜬 일본인들을 비판하고 대규모 저술 구상을 언급.

9월, 신경쇠약이 극도로 악화되고, 일본에도 나쓰메 소세키의 증세가 전해짐. 문부성은 독일 유학생 후지시로 데이스케(藤代禎輔)에게 소세키를 데리고 귀국하도록 지시.

11월, 마사오카 시키가 7년 동안 앓던 결핵으로 사망했다는 소식을 다카하마 교시의 편지를 받고 알게 됨.

12월 5일, 일본 우편선에 승선해서 귀국길에 오름.

1903년 36세

1월 24일, 도쿄 도착.

3월, 도쿄 혼고(本鄕) 구(현재의 분쿄 구) 센다기(千駄木)로 이사.

4월, 제1고등학교 강사가 됨(연봉 700엔). 또한 도쿄제국대학 영문과 교수를 겸함(연봉 800엔).

9월, 제1고등학교의 제자인 후지무라 미사오(藤村操)가 게곤(華嚴) 폭포에 몸을 던져 자살하는 사건이 발생. 다시 신경쇠약이 악화됨. 교코와 불화가 심해져 임신 중인 부인을 친정으로 보내고 별거.

10월, 셋째 딸 에이코(榮子)가 태어남.

1904년 37세

2월, 러일전쟁 발발.

7월, 어린 고양이 한 마리가 집에 들어오고, 교코가 귀여워함.

9월, 메이지(明治) 대학 고등예과 강사를 겸함(월급 30엔).

12월, 당시 《호토토기스(ホトトギス)》를 주재하고 있던 다카하마 교시로부터 작품 집필을 권유받고, 『나는 고양이로소이다』 1장을 문학 모임에서 낭독.

1905년 38세

1월~1906년 8월, 『나는 고양이로소이다』를 《호토토기스》에 발표. 1회분으로 끝날 예정이었지만 호평을 받아 11회에 걸쳐 장편으로 연재. 이때부터 작가로 살아갈 뜻을 굳힘.

1월, 「런던탑(倫敦塔)」을 《데이코쿠분가쿠(帝國文學)》에, 「칼라일 박물관(カーライル博物館)」을 《가쿠토(學燈)》에 발표.

4월, 「환영의 방패(幻影の盾)」를 《호토토기스》에 발표.

5월, 「고토노소라네(琴のそら音)」를 《시치닌(七人)》에 발표.

9월, 「하룻밤(一夜)」을 《주오코론(中央公論)》에 발표.

11월, 「해로행(薤露行)」을 《주오코론》에 발표.

12월 14일, 넷째 딸 아이코(愛子)가 태어남.

1906년 39세

1월, 「취미의 유전(趣味の遺伝)」을 《데이코쿠분가쿠》에 발표.

4월, 『도련님』을 《호토토기스》에 발표.

9월, 『풀베개』를 《신쇼세쓰(新小說)》에 발표.

10월, 『이백십일』을 《주오코론》에 발표. 평소에 그의 자택에 출입이 잦은 문하생들의 방문을 매주 목요일 오후 3시 이후로 정해서 '목요회'라고 불리게 됨.

11월, 요미우리(讀賣) 신문사에서 입사 의뢰가 왔으나 거절.

1907년 40세

1월, 『태풍(野分)』을 《호토토기스》에 발표.

4월, 제1고등학교와 도쿄제국대학 강사를 사직. 아사히(朝日) 신문사에 소설을 쓰는 전속작가로 입사.

5월, 『문학론』(大倉書店) 출간.

6월 5일, 장남 준이치(純一)가 태어남.

9월, 도쿄 우시고메 구 와세다미나미초(早稲田南町)로 이사. 이후 죽을 때까지 소세키 산방(漱石山房)이라고 불린 이 집에서 거주.

6~10월, 『우미인초(虞美人草)』를 《아사히 신문》에 연재.

1908년 41세

1~4월, 『갱부(坑夫)』 연재.

6월, 「문조(文鳥)」 연재(오사카 《아사히 신문》).

7~8월, 「열흘 밤의 꿈(夢十夜)」 발표.

9~12월, 『산시로(三四郎)』 연재.

12월 16일, 차남 신로쿠(伸六)가 태어남.

1909년 42세

1~3월, 「긴 봄날의 소품(永日小品)」 연재.

3월, 『문학평론』(春陽堂) 출간.

6~10월, 『그 후(それから)』 연재.

9월, 남만주철도주식회사 총재인 친구 나카무라 제코의 초대로 만주와 한국을 여행. 이때 신의주, 평양, 서울, 인천, 부산을 방문함.

10~12월, 기행문 『만한 이곳저곳(滿韓ところどころ)』 연재.

11월, '아사히 문예란'을 새로 만들고 주재함. 위경련으로 고통받음.

1910년 43세

3월 2일, 다섯째 딸 히나코(ひな子)가 태어남.

3~6월, 『문(門)』 연재.

6~7월, 위궤양 때문에 나가요(長与) 위장병원에 입원.

8월, 슈젠지(修善寺) 온천에서 다량의 피를 토하고 위독한 상태에 빠짐. 이를 '슈젠지의 대환'이라 부름.

10월~1911년 3월, 슈젠지의 체험을 바탕으로 『생각나는 일들(思い出す事など)』을 32회에 걸쳐 연재.

1911년 44세

2월, 위궤양으로 입원 중에 문부성으로부터 문학박사 학위 수여를 통지받지만 거절함.

8월, 오사카 《아사히 신문》의 의뢰로 간사이(關西) 지방에서 순회 강연을 함.

10월, '아사히 문예란'이 폐지됨. 아사히 신문사에 사표를 내지만 반려됨. 다섯째 딸 히나코가 급사함.

1912년 45세

1~4월, 『춘분 지나고까지(彼岸過迄)』 연재. 신경쇠약과 위궤양이 재발하여 고통받음.

7월, 메이지 천황 사망. 연호가 다이쇼(大正)로 바뀜.

10월경, 남화풍의 그림을 그림.

12월, 자택에 전화가 들어옴.

12월~1913년 11월, 『행인(行人)』 연재.

1913년 46세

4월, 위궤양이 재발하고 신경쇠약이 심해져 『행인』 연재 중단(9월부터 재개).

1914년 47세

4~8월, 『마음(こころ)』 연재.

11월, '나의 개인주의'라는 주제로 가쿠슈인(學習院)에서 강연함.

1915년 48세

1월, 제자 데라다 도라히코에게 보낸 연하장에 금년에 죽을지도 모른다고 씀.

1~2월, 『유리문 안에서(硝子戸の中)』 연재.

3~4월, 교토(京都) 여행. 위통으로 쓰러짐.

6~9월, 『한눈팔기(道草)』 연재.

12월, 아쿠타가와 류노스케(芥川龍之介), 구메 마사오(久米正雄)가 처음으로 목요회에 참가. 이들은 마지막 문하생이 됨.

1916년 49세

1월, 「점두록(點頭錄)」 연재.

2월, 아쿠타가와 류노스케에게 보낸 편지에서 그의 작품 『코(鼻)』를 격찬함.

4월, 당뇨병 진단을 받고 치료에 들어감.

5~12월, 『명암(明暗)』 연재.

8월, 오전에는 소설을 쓰고 오후에는 한시를 쓰고 그림을 그림.

11월 초, 목요회에서 만년의 사상으로 알려진 칙천거사(則天去私)에 대해 처음 언급함.

11월 16일, 마지막 목요회가 열리고 모리타 소헤이, 아베 요시시게, 아쿠타가와 류노스케, 구메 마사오 등이 출석함.

11월 21일, 위궤양 악화로 쓰러짐.

12월 2일, 내출혈로 다시 위독한 상태에 빠짐.

12월 9일 오후 6시 45분 사망.

12월 14일, 도쿄《아사히 신문》에 연재되던 『명암』이 제188회를 마지막으로 연재 중단됨.

장례식 접수는 아쿠타가와 류노스케가 담당했으며 모리 오가이를 비롯한 많은 명사들이 조문함.

12월 28일, 도쿄 도시마(豊島) 구에 있는 조시가야(雜司ケ谷) 묘원에 안장됨. 조시가야 묘원은 『마음』의 주인공 K가 자살 후 묻힌 장소임.

몽롱한 꿈속 같다. 산길을 걷는 주인공이 현실에 가까울까, 배를 타고 출정하는 젊은이가 더 현실에 가까울까. 대륙으로 출정하는 젊은이의 풍경이 이렇게 낭만적이어서 어쩌겠다는 것인가. 아직 꿈속에 있는 건 아닌지. 현실을 만나려면 작품 밖으로 나가야 하는 건지. 하지만 주인공에게는 오직 '나미'에 대한 관심밖에 없는 것 같다. 목욕탕에 들어온 나체의 나미, 그 묘사는 압권이자 안쓰러움이다. 한시나 그림 나부랭이는 그저 그녀에게 보여주기 위한 '나'의 '폼'일 뿐, 그래서 소세키가 좋아진다.

옮긴이 **송태욱**

연세대학교 국문과를 졸업하고 같은 대학 대학원에서 문학박사 학위를 받았다. 도쿄외국어대학원 연구원을 지냈으며, 현재 대학에서 강의하며 전문번역가로 활동하고 있다.

지은 책으로 『르네상스인 김승옥』(공저)이 있고, 옮긴 책으로 『사랑의 갈증』, 『세설』, 『만년』, 『환상의 빛』, 『형태의 탄생』, 『책으로 찾아가는 유토피아』, 『일본 정신의 기원』, 『트랜스크리틱』, 『소리의 자본주의』, 『포스트콜로니얼』, 『천천히 읽기를 권함』, 『번역과 번역가들』, 『연애의 불가능성에 대하여』, 『매혹의 인문학 사전』, 『안도 다다오』, 『빈곤론』, 『해적판 스캔들』, 『오늘의 일본 문학』, 『문명개화와 일본 근대 문학』, 『유럽 근대 문학의 태동』, 『현대 일본 사상』, 『십자군 이야기』(전3권), 『잘라라, 기도하는 그 손을』 등 다수가 있다. 현암사에서 기획한 나쓰메 소세키 소설 전집 번역으로 한국출판문화상 번역상을 수상했다.